BOITEMPO I:
MENINO ANTIGO

**BOITEMPO I:
MENINO ANTIGO**

CARLOS DRUMMOND DE ANDRADE

POSFÁCIO DE
CARLOS BRACHER

nova edição

EDITORA RECORD
RIO DE JANEIRO • SÃO PAULO
2023

CONSELHO EDITORIAL
Afonso Borges, Edmílson Caminha,
Livia Vianna, Luis Mauricio Graña Drummond,
Pedro Augusto Graña Drummond,
Roberta Machado, Rodrigo Lacerda
e Sônia Machado Jardim

PROJETO GRÁFICO DE CAPA E MIOLO
Leonardo Iaccarino

FIXAÇÃO DE TEXTO E BIBLIOGRAFIAS
Alexei Bueno

CRONOLOGIA
José Domingos de Brito (criação)
Marcella Ramos (checagem)

IMAGEM DE CAPA
Drummond aos 2 anos em Itabira.
Brás Martins da Costa, 1904

AUTOCARICATURA (LOMBADA)
Carlos Drummond de Andrade, 1961

FOTO DRUMMOND (ORELHA)
1961. Acervo da família Drummond

CIP-BRASIL. CATALOGAÇÃO NA PUBLICAÇÃO
SINDICATO NACIONAL DOS EDITORES DE LIVROS, RJ

A566r
9. ed.

Andrade, Carlos Drummond de, 1902-1987
  Boitempo I : menino antigo / Carlos Drummond de Andrade ; posfácio
Carlos Bracher. - [9. ed.]. - Rio de Janeiro : Record, 2023.

  Inclui bibliografia e índice
  ISBN 978-65-5587-660-4

  1. Poesia brasileira. I. Bracher, Carlos. II. Título.

22-81171

CDD: 869.1
CDU: 82-1(81)

Meri Gleice Rodrigues de Souza - Bibliotecária - CRB-7/6439

Carlos Drummond de Andrade © Graña Drummond
www.carlosdrummond.com.br

Todos os direitos reservados. Proibida a reprodução, armazenamento ou transmissão de partes deste livro, através de quaisquer meios, sem prévia autorização por escrito.

Texto revisado segundo o Acordo Ortográfico da Língua Portuguesa de 1990.

Direitos exclusivos desta edição reservados pela
EDITORA RECORD LTDA.
Rua Argentina, 171 – Rio de Janeiro, RJ – 20921-380 – Tel.: (21) 2585-2000.

Impresso no Brasil

ISBN 978-65-5587-660-4

Seja um leitor preferencial Record.
Cadastre-se em www.record.com.br
e receba informações sobre nossos
lançamentos e nossas promoções.

Atendimento e venda direta ao leitor:
sac@record.com.br

SUMÁRIO

BOITEMPO

15 Documentário
17 (In) Memória
18 Intimação

PRETÉRITO MAIS-QUE-PERFEITO

21 Justificação
22 Chamado geral
23 Anta
25 Jacutinga
26 Fazendeiros de cana
27 Balança
28 Agritortura
29 Negra
30 Homem livre
31 Cuidado
32 Na Barra do Cacunda
35 Os excêntricos
37 Cautela
38 A paz entre os juízes
39 Herói
41 Doutor mágico
42 Crônica de gerações

43 Litania das mulheres do passado
44 O ator
47 Malogro
48 15 de novembro
49 O francês
51 Criação
53 Guerra das ruas
55 Muladeiro do sul
57 Testamento-desencanto

FAZENDA DOS 12 VINTÉNS OU DO PONTAL

61 O eco
63 Salve, Ananias
64 Hora mágica
65 Boitempo
66 Casarão morto
67 Mancha
68 Bota
69 Caçamba
70 Privilégio
71 Propriedade
72 Parêmia de cavalo
73 Surpresa
74 Nomes
75 Mulinha
76 O belo boi de Cantagalo
77 Destruição
78 O fazendeiro e a morte
80 Estrada
81 Antologia
82 *Melinis minutiflora*
84 Aquele córrego

86 Ar livre
87 Inscrições rupestres no Carmo

MORAR NESTA CASA

91 Casa
93 Porta da rua
94 Depósito
95 Visita matinal
96 Escritório
97 Recinto defeso
98 Música
99 Porta-cartões
101 Nova moda
102 Resumo
103 O arco sublime
104 Três garrafas de cristal
105 Três compoteiras
107 O licoreiro
108 O vinho
110 Chupar laranja
111 País do açúcar
112 Novo horário
113 Pesquisa
114 Açoita-cavalo
116 Estojo de costura
117 Escaparate
118 Copo d'água no sereno
119 Quarto escuro
120 Quarto de roupa suja
121 Higiene corporal
122 Casa e conduta
124 Cozinha

125 O criador
126 Concerto
127 Flor-de-maio
128 Beijo-flor
129 Assalto
130 Litania da horta
131 Achado
132 Canto de sombra
133 Cisma
134 Banho de bacia
136 Chegada
138 Brincar na rua
139 Tempestade
140 A incômoda companhia do Judeu Errante
141 O maior pavor
143 Reunião noturna
145 Liquidação

NOTÍCIAS DE CLÃ

149 Andrade no dicionário
150 Brasão
151 Braúna
152 Herança
153 História
154 Raiz
155 Foto de 1915
157 Aquele Andrade
158 Contador
159 Escrituras do pai
160 O beijo
162 O banco que serve a meu pai

164	Distinção
165	Suas mãos
166	Irmão, irmãos
167	Os chamados
168	Drama seco
170	*Rosa rosae*
171	Revolta
172	Nova casa de José
174	Cantiguinha
175	Inscrição
176	O preparado
177	Anjo-guerreiro
179	Conversa
181	Os grandes
182	Comemoração
183	Atentado
184	Sobrado do barão de Alfié
185	Os tios e os primos
187	A notícia
189	Mulher vestida de homem
191	Dodona Guerra
192	Rejeição
194	Santo particular
195	Importância da escova
196	O excomungado
197	Romance de primas e primos
200	O viajante pedestre
204	Procurar o quê
205	Solilóquio do caladinho
207	Coleção de cacos
209	Dois rumos
211	Conto de reis

212 Repouso no templo
213 O filho
215 A nova primavera
216 Aquele raio

O MENINO E OS GRANDES

219 Etiqueta
221 Brasão
222 Signo
223 Didática
224 Tabuleiro
225 Tortura
226 Inimigo
227 Queda
229 Terrores
231 Fruta-furto
232 O diabo na escada
233 O cavaleiro
235 Cometa
236 O som estranho
237 Descoberta
238 Primeiro conto
239 Primeiro jornal
240 Iniciação literária
241 Fim
242 Assinantes
243 Repetição
244 Biblioteca verde
246 Prazer filatélico
248 Ausência
249 Passeiam as belas
250 Certas palavras

251 Indagação
252 As pernas
254 *Le voyeur*
256 A puta
257 Tentativa
258 Confissão
259 A impossível comunhão
261 Aspiração
262 Anjo
263 O padre passa na rua
264 Briga
265 Quinta-feira
267 Rito dos sábados
269 Gesto e palavra
271 Marinheiro
272 1914
277 Matar
279 Estampa em junho
280 Memória prévia
281 Noturno
283 Fuga
285 Verbo ser
286 Mitologia do Onça
287 Dupla humilhação
288 Esmola
289 Exigência das almas
290 Os pobres
292 Tambor no escuro
294 Bando
295 Desfile
297 Cheiro de couro
298 História de vinho do Porto
300 Orion

301	Classe mista
302	Amor, sinal estranho
303	Enleio
304	Menina no balanço
305	Febril
307	A mão visionária
309	Sentimento de pecado
311	Ele
313	Posfácio, *por Carlos Bracher*
321	Cronologia: Na época do lançamento (1965-1971)
337	Bibliografia de Carlos Drummond de Andrade
345	Bibliografia sobre Carlos Drummond de Andrade (seleta)
355	Índice de primeiros versos

BOITEMPO

DOCUMENTÁRIO

No Hotel dos Viajantes se hospeda
incógnito.
Lá não é ele, é um mais-tarde*
sem direito de usar a semelhança.
Não sai para rever, sai para ver
o tempo futuro
que secou as esponjeiras
e ergueu pirâmides de ferro em pó
onde uma serra, um clã, um menino
literalmente desapareceram
e surgem equipamentos eletrônicos.
Está filmando
seu depois.
O perfil da pedra
sem eco.
Os sobrados sem linguagem.
O pensamento descarnado.
A nova humanidade deslizando
isenta de raízes.
Entre códigos vindouros

---

* O uso do hífen por Carlos Drummond de Andrade em *Boitempo I* e *II* é explicitamente expressivo, afastando-se inumeráveis vezes das ortografias vigentes (1943 e 1971) no momento da composição dos poemas, e de forma drástica. Tendo isto em conta, a fixação do texto foi extremamente conservadora em relação a tal uso, só se afastando daquele escolhido pelo poeta nos momentos em que não poderia haver a mais leve possibilidade de ele conter algum valor expressivo. [*N. do E.*]

a nebulosa de letras
indecifráveis nas escolas:
seu nome familiar
é um chiar de rato
sem paiol
na nitidez do cenário
solunar.
Tudo registra em preto e branco
afasta o adjetivo da cor
a cançoneta da memória
o enternecimento disponível na maleta.
A câmara
olha muito olha mais
e capta
a inexistência abismal
definitiva/infinita.

(IN) MEMÓRIA

De cacos, de buracos
de hiatos e de vácuos
de elipses, psius
faz-se, desfaz-se, faz-se
uma incorpórea face,
resumo de existido.

Apura-se o retrato
na mesma transparência:
eliminando cara
situação e trânsito
subitamente vara
o bloqueio da terra.

E chega àquele ponto
onde é tudo moído
no almofariz do ouro:
uma europa, um museu,
o projetado amar,
o concluso silêncio.

INTIMAÇÃO

— Você deve calar urgentemente
as lembranças bobocas de menino.
— Impossível. Eu conto o meu presente.
Com volúpia voltei a ser menino.

PRETÉRITO MAIS-QUE-PERFEITO

JUSTIFICAÇÃO

Não é fácil nascer novo.
Estou nascendo em Vila Nova da Rainha,
cresço no rasto dos primeiros exploradores,
com esta capela por cima, esta mina por baixo.
Os liberais me empurram pra frente,
os conservadores me dão um tranco,
se é que todos não me atrapalham.
E as alianças de família,
o monsenhor, a Câmara, os seleiros,
os bezerros mugindo no clariscuro, a bota,
o chão vendido, o laço, a louça azul chinesa,
o leite das crioulas escorrendo no terreiro,
a procissão de fatos repassando, calcando
minha barriga retardatária,
as escrituras da consciência, o pilão
de pilar lembranças. Não é fácil
nascer e aguentar as consequências
vindas de muito longe preparadas
em caixote de ferro e letra grande.
Nascer de novo? Tudo foi previsto
e proibido
no Antigo Testamento do Brasil.

CHAMADO GERAL

Onças, veados, capivaras, pacas, tamanduás, da corografia do Padre
[Ângelo de 1881,
cutias, quatis, raposas, preguiças, papaméis, onde estais, que vos
[escondeis?

Mutuns, jacus, jacutingas, siriemas, araras, papagaios, periquitos, tuins,
[que não vejo nem ouço, para onde voastes que vos dispersastes?

Inhapins, gaturamos, papa-arrozes, curiós, pintassilgos da silva amena,
[onde tanto se oculta vosso canto, e eu aqui sem acalanto?

Vinde feras e vinde pássaros, restaurar em sua terra este habitante
[sem raízes,

que busca no vazio sem vaso os comprovantes de sua essência
[rupestre.

ANTA

*(segundo Varnhagen,
von Ihering e Colbaccini)*

Vou te contar uma anta, meu irmão.
Mede dois metros bem medidos
e pesa doze arrobas.
Há um tremor indeciso nas linhas
do pelo do filhote
que depois vai ficando bruno-pardo
para melhor se dissolver
no luscofúsculo da mata.
Orelhas móveis de cavalo
e força de elefante.
Estraçalha cachorros,
derruba caçador e árvores,
com estrondalhão
e deixa-se prender
no laço à flor do rio.
Senão,
capriche bem no tiro, meu irmão.
Mata-se e esfola-se
distribuindo mocotós como troféus.
A anta esquarteja-se
em seis pedaços, ritualmente:
dois quartos traseiros
(divididos em gordas cinco partes);

cabeça e espinhaço completo;
costelas;
pernas dianteiras;
carnes entre pernas traseiras;
parte anterior do peito.
No vale do rio Doce a anta mergulha
em profundezas de gravura
antiga, desbotada.

JACUTINGA

> "As rochas são as mesmas que em Vila Rica,
> tendo-se encontrado na jacutinga placas de ouro,
> de que a maior chegou a pesar meia libra."
> Eschwege, *Pluto Brasiliensis*

É ferriouro: jacutinga.
a perfeita conjugação.
Raspa-se o ouro: ferro triste
na cansada mineração.
A jacutinga de hematita
empobrecida revoltada
perfura os jazigos do chão
despe o envoltório mineral
      e voa.

Até os metais criam asa.

FAZENDEIROS DE CANA

Minha terra tem palmeiras?
Não. Minha terra tem engenhocas de rapadura e cachaça
e açúcar marrom, tiquinho, para o gasto.
Canavial se alastra pela serra do Onça,
vai ao Mutum, ao Sarcundo,
clareia Morro Escuro, Queixadas, Sete Cachoeiras.
Capitão-do-Mato enverdece de cana madura,
tem cheiro de parati no Bananal e no Lava,
no Piçarrão, nas Cobras, no Toco,
no Alegre, na Mumbaça.
Tem rolete de cana chamando para chupar
nas Abóboras, no Quenta-Sol, nas Botas.
Tem cana caiana e cana crioula,
cana-pitu, cana rajada, cana-do-governo
e muitas outras canas e garapas,
e bagaço para os porcos em assembleia grunhidora
diante da moenda
movida gravemente pela junta de bois
de sólida tristeza e resignação.

As fazendas misturam dor e consolo
em caldo verde-garrafa
e sessenta mil-réis de imposto fazendeiro.

BALANÇA

De chifres de veado é feita esta balança
de pesar carne de vento.
É o peso uma pedra, e outra pedra e outro quilo
vão recortando o boi em severa medida.
Ninguém furta no peso. O sol, o sal da carne
brilham qual brilha a pedra neste jogo
em que o senhor da natureza e do mercado
se curva à fome, juiz maior de outra balança
maior, maior de todas destes matos-dentro.

AGRITORTURA

Amanhã serão graças
de museu.

Hoje são instrumentos de lavoura,
base veludosa do Império:
"anjinho",
gargalheira,
vira-mundo.

Cana, café, boi
emergem ovantes dos suplícios.
O ferro modela espigas
maiores.
Brota das lágrimas e gritos
o abençoado feijão
da mesa baronal comendadora.

NEGRA

A negra para tudo
a negra para todos
a negra para capinar plantar
regar
colher carregar empilhar no paiol
ensacar
lavar passar remendar costurar cozinhar
rachar lenha
limpar a bunda dos nhozinhos
trepar.

A negra para tudo
nada que não seja tudo tudo tudo
até o minuto de
(único trabalho para seu proveito exclusivo)
morrer.

HOMEM LIVRE

Atanásio nasceu com seis dedos em cada mão.
Cortaram-lhe os excedentes.
Cortassem mais dois, seria o mesmo
admirável oficial de sapateiro, exímio seleiro.
Lombilho que ele faz, quem mais faria?
Tem prática de animais, grande ferreiro.

Sendo tanta coisa, nasce escravo,
o que não é bom para Atanásio e para ninguém.
Então foge do Rio Doce.
Vai parar, homem livre, no Seminário de Diamantina,
onde é cozinheiro, ótimo sempre, esse Atanásio.

Meu parente Manuel Chassim não se conforma.
Bota anúncio no *Jequitinhonha*, explicadinho:
Duzentos mil-réis a quem prender crioulo Atanásio.
Mas quem vai prender homem de tantas qualidades?

CUIDADO

A porta cerrada
não abras.
Pode ser que encontres
o que não buscavas
nem esperavas.

Na escuridão
pode ser que esbarres
no casal em pé
tentando se amar
apressadamente.

Pode ser que a vela
que trazes na mão
te revele, trêmula,
tua escrava nova,
teu dono-marido.

Descuidosa, a porta
apenas cerrada
pode te contar
conto que não queres
saber.

NA BARRA DO CACUNDA

Na Barra do Cacunda
diz-que sucedem coisas
que a gente não explica.
Tem zunido de vento
mesmo sem ter vento.
Os ouvidos percebem
o gemido parado
no ar imobilizado.
Meio-dia, não bole
sequer o pé de avenca,
mas insiste o sibilo
enquanto a poeira dorme
no chão sem movimento.
Os mais moços indagam.
Os mais velhos se calam,
aceitam como fato
esse vento sem braços,
espalhado em lamento.
Na Barra do Cacunda
cai uma chuva estranha
que molha sem chover.
As roupas respingadas,
as botas encharcadas
fazem parte do dia
vivido no costume.
O sol vibra nas pedras,

as paredes gotejam
e rostos femininos
ressumam lentas bagas,
não de choro comum.
As mulheres não choram
na Barra do Cacunda.
A chuva é que lhes dá
a feição deslizante
de úmidas estátuas.
O mais, tudo normal.
Nascem crianças, morrem
os que têm de morrer
por lei da natureza.
Amores se entrelaçam
e outros se desmancham
como no mundo largo.
Barganhas de animais
se ajustam desde sempre.
O trabalho prossegue
na tenda do seleiro,
nos bilros da rendeira,
no tacho da doceira,
no descansado cálice
de branquinha servido
aos eternos fregueses
do botequim escuro.
O canto não cessou
na garganta habituada
a ritmar a tarefa
em pauta musical.
Modinhas despetalam-se
no entardecer mariano,
mesmo se o vento zune,

e a voz humana casa-se
ao zunido sem causa.
Na Barra do Cacunda,
se essa chuva invisível
está sempre envolvendo
o vestido engomado,
a saia bem passada,
nem por isso as mulheres,
esculturas molhadas,
desistem de passar
a ferro suas roupas
e sair e banhar-se
na chuva que não cai.
Veio ontem de lá
um viajante e contou:
Na Barra do Cacunda
as pessoas estudam
na aula do mistério.

OS EXCÊNTRICOS

1

Chega a uma fazenda, apeia do cavalinho, ô de casa! pede que lhe sirvam leitão assado, e retira-se, qualquer que seja a resposta.

2

Diz: "Vou para o Japão" e tranca-se no quarto, só abrindo para que lhe levem alimento e bacia de banho, e retirem os excretos. No fim de seis meses, regressa da viagem.

3

Cola duas asas de fabricação doméstica nas costas e projeta-se do sobrado, na certeza-esperança de voo. Todas as costelas partidas.

4

Apaixona-se pela moça, que casa com outro. Persegue o casal em todas as cidades para onde este se mude. O marido, desesperado, atira nele, pela janela. No outro lado da rua, de outra janela, dá uma gargalhada e desaparece: a bala acerta no boneco que o protege sempre.

5

Data suas cartas de certo lugar: "Meio do mundo, encontro das tropas, idas e vindas". Ao terminar, saúda: "Dãodarãodãodão" e assina: "Dr. Manuel Buzina, que não mata mas amofina".

CAUTELA

Hora de abrir a sessão da Câmara.
O presidente não aparece.
O presidente está impedido.
O presidente está preso
em casa. Monta guarda
junto ao quarto repleto de ouro em pó.

Pode a campainha tilintar,
o sino do Rosário bater e rebater,
o Senado da Câmara implorar
protestar
destituir o faltoso.

O presidente tesoureiro do ouro em pó
tributo do povo à regência trina
vê lá se vai abrir sessão.
Presida quem quiser,
que esse ouro aqui ladrão nenhum virá roubar.

A PAZ ENTRE OS JUÍZES

1º juiz de paz
2º juiz de paz
3º juiz de paz
4º juiz de paz
e nenhuma guerra jamais no município
onde todas as pessoas se entrelaçam,
parentes no sangue e no dinheiro,
e, parentes, se casam, tio-sobrinha,
prima e primo, enviúvam, se recasam
perenemente primos, tios e sobrinhas.

Que fazem os juízes modorrantes
à brisa nas cadeiras da calçada,
esperando uma guerra que não vem?
Brigam talvez aos dois e os outros dois
os separam, revezam-se, no tédio
de paz tão cinza, em vale assim tranquilo?

Ou ficam ansiosos, expectantes,
de ouvido no chamado
para casar com toda a pompa e caixa de cerveja
a filha do guarda-mor, a bela Joana?

Perdão, o próprio guarda-mor
é o 1º juiz de paz, nada a fazer.

HERÓI

Regressa da Europa Doutor Oliveira.
É dia de festa na cidade inteira.

Doutor Oliveira fez longa viagem.
Maior, mais brilhante ficou sua imagem.

Viajou de cavalo, de trem, de navio.
Foi bravo, foi forte, venceu desafio.

Falou língua estranja, que não percebemos.
Ergueu nosso nome a pontos extremos.

Conversou doutores de barbas sorbônicas
e viu catedrais, joias arquitetônicas.

Papou iguarias jamais igualadas
nas jantas mais finas: *consommés,* saladas,

ovas de esturjão e pratos mil flambantes,
que aqui falecemos sem conhecer antes.

Praticou mulheres das mais perigosas,
ofertou-lhes mimos, madrigais e rosas.

Nenhuma o prendeu entre grades de seda.
Volta o nosso amigo, livre, de alma leda.

Tudo há de contar-nos, à luz do lampião,
para nosso pasmo e nossa ilustração.

Depressa, cavalos e arreios de prata,
que vai esperá-lo o povo bom, a nata.

Da cidade às portas, como triunfador,
eis chega Oliveira, preclaro doutor.

Ginetes aos centos correm a saudá-lo.
Foguetes, discursos e até o abalo

de tiros festivos no azul – eta nós!
dados por Janjão e por Tatau Queirós.

Pois quem destes matos foi até Paris
honrou nossa terra, deu-lhe mais verniz.

E assim, ao apear, desembarca na História
Doutor Oliveira, para nossa glória.

DOUTOR MÁGICO

Dr. Pedro Luís Napoleão Chernoviz
tem a maior clientela da cidade.
Não atende a domicílio
nem tem consultório.
Ninguém lhe vê a cara.
Misterioso doutor de capa preta
ou invisível,
esse que cura todas as moléstias
(de preferência as incuráveis)
socorre presto os afogados
asfixiados
assombrados de raio
sem desprezar defluxo, catapora,
sapinho, panariz, cobreiro,
bicho-de-pé, andaço, carnegão
e não cobra nada
e não cobra nada,
nem no fim do ano?

É só abrir o livro, achar a página.

CRÔNICA DE GERAÇÕES

Silêncio. Morreu o Comendador.
Merecia ser eterno
com seu poder, seu gado, suas minas,
seu dinheiro na burra.
Então morre – silêncio – o Comendador
e não desabam as montanhas
e o mundo, já vazio, não acaba?
Injusto ele morrer – o filho exclama.
Por que, em seu lugar,
o Senhor não chamou seu netinho enfezado,
esse menino aí, fracote, feio?

O menino ouve e come estas palavras,
assimila-as no sangue, e cresce e é forte
e poderoso mais que o Comendador.
Nasce-lhe por sua vez um filhinho enfezado
mas este
cresce sem maldição, fica por isso mesmo.

Nem sempre o Senhor chama. Ele às vezes esquece.

LITANIA DAS MULHERES DO PASSADO

Ana Esméria
Ana Flávia Emiliana
Ana Claudina
Ana Miquelina
Ana Umbelina
Amanda Malvina
Liberalina:
    protegei os homens do clã.

Maria Feliciana
Maria Isidora
Maria Narcisa
Maria Presciliana
Maria Senhorinha
Maria Tomásia da Encarnação
Ricardina Honorata:
    amai os homens do clã.

Josefina Augusta
Placidina Augusta
Virgínia Augusta
Olímpia Bernardina
Rita Bernardina
Petronilha Carolina
Francisca Bárbara:
    exemplai os homens do clã.

O ATOR

Era um escravo fugido
por si mesmo libertado.
Meu avô se foi à Mata
vender burro brabo fiado.
Chega lá, deita no rancho
para pitar descansado.
Duzentas, trezentas léguas
em macho bem arreado,
por muito que um homem seja
de ferro, fica estrompado.
"Vou dormir, sonhar meu sonho
de cobre e mulher trançado.
Por favor ninguém me amole
que trago dependurado
no arção da sela meu coldre
com pau de fogo. Obrigado."
"Dormir tão cedo, meu amo?
se no rancho do outro lado
do rio tem espetac'lo
que há de ser de vosso agrado.
Faz três dias ninguém cuida
na roça e no povoado
senão de ver esta noite
A Vingança do Passado."
Nem mais se recorda o velho
que estava mesmo pregado.

Calça bota, arrocha cinto
e já se vê preparado.
De noite, à luz de candeeiro,
o drama tem outra face.
É como se à letra antiga
outro valor se juntasse.
O rosto do ator imerge
de repente na penumbra
e uma pungência maior
entre cangalhas ressumbra.
Metade luz e metade
mistério, a peça caminha
estranha. Dormem lá fora
a tropa e a besta-madrinha.
Na noite gelada a história
fala de nobres de Espanha
e do dote de uma virgem
conspurcada pela sanha
caprina de Dão Fernando.
E depois de mil malícias
o vil exclama: "Calor,
ai calor que abrasa um conde!"
"Que ouço? Que fuça é esta?"
Meu avô salta do banco.
O fidalgo enxuga a testa
que a luz devassa, mostrando
a estelar cicatriz
do seu escravo fugido
bem por cima do nariz.
Empurrando a uns e outros,
meu avô acode à cena
e brandindo seu chicote
(pois anda sempre com ele

em roça, brejão ou vila)
fustiga o conde, sem pena:
"Bacalhau, ai bacalhau
que te abrase o rabo, diabo.
Acaba com esta papeata
senão sou eu que te acabo."
Era uma vez um artista
pelo berço mui dotado.
Ficou a noite mais triste
na tristidão do calado.
Cada qual se retirando
achava bem acertado.
Cumpre-se a lei. Está escrito:
a cada um o seu gado.
Para um escravo fugido
não há futuro, há passado,
pelo quê lá vai o conde
tocando burro e vigiado.
A tropa vai caminhando
pelo Segundo Reinado.

MALOGRO

Primo Zeantônio chefe político liberal
foi tudo em Minas
          advogado
        jornalista
           inspetor de instrução
   juiz de paz
             suplente de juiz municipal
  diretor juvenil de colégio
        provedor de hospital
presidente de Câmara Municipal
          deputado
          senador
          comendador.
Quando Sua Majestade o despachou governador do Rio Grande
                                              [do Norte
onde nunca pusera os pés
proclamou-se levianamente a República.
Natal não conheceu um grande administrador.
Meu primo não cumpriu o seu destino.

15 DE NOVEMBRO

A proclamação da República chegou às 10 horas da noite
em telegrama lacônico.
Liberais e conservadores não queriam acreditar.
Artur Itabirano saiu para a rua soltando foguete.
Dr. Serapião e poucos mais o acompanhavam
de lenço incendiário no pescoço.
Conservadores e liberais recolheram-se ao seu infortúnio.
O Pico do Cauê quedou indiferente
(era todo ferro, supunha-se eterno).
Não resta mais testemunha daquela noite
para contar o efeito dos lenços vermelhos
ao suposto luar
das montanhas de Minas.
Não restam sequer as montanhas.

O FRANCÊS

Emílio Rouède, esse francês errante
primeiro terrorista brasileiro:
dinamitou o túnel em Rodeio
para depor – audácia – Floriano.

Emílio? Dinamitou coisa nenhuma.
Sua dinamite era verbal.
Mas por via das dúvidas recolhe-se
à doçura dos cerros de Ouro Preto
aonde não chega o braço floriano.

E começa a pintar. E pinta pinta
paisagem mineira sem cessar.
Acabando a paisagem disponível
(ou o enerva a natura pachorrenta)
Vou ali – diz Emílio – ao Mato Dentro
fundar um ginásio e dar-lhe nome
de esquecido poeta destas brenhas.

Santa Rita Durão, outro agitado
que nem Emílio, volta às Minas pátrias.
É colégio, que bom. Mas dura pouco
e lá se vai Emílio, hoje fotógrafo,
rumo a diamantes improváveis
da longe Diamantina.

Os antigos referem: Por aqui
certo francês alegre andou um dia.

E lá se vai Emílio, rumo a nada.

CRIAÇÃO

A alma dos pobres se vai sem música,
mas a dos grandes é exigente.
A Banda Euterpe, logo chamada
      por Monsenhor
para chorar o morto conspícuo
– azar – é nova, sem partitura.
Só se pedir à banda rival...
Henrique Dias (nome da outra)
recusa, egoísta. Defunto à vista
querendo arte. A tarde emurchece
      e Monsenhor
espera, aflito, marcha ou o que seja.
Emílio Soares, maestro, fecha-se
no seu quartinho. Dó ré mi sol...
A Musa baixa, ou Santa Cecília,
dita ao maestro o fúnebre arroubo.
Onze da noite. Dormem os fiéis
      não Monsenhor.
Eis, no silêncio, clara, a corneta
do carcereiro chamando os músicos
(são todos guardas municipais)
para ensaiar. A banda valente
acorda o povo, causando pânico
      a Monsenhor
e a todo mundo, que novidade
igual nunca houve. Como já sofrem,

amanhecendo, os de Henrique Dias!
Às nove, enterro. À frente, a batina
      de Monsenhor.
Lá vai seguido da Banda Euterpe
que toca exausta, com sentimento,
luto orgulhoso, o Líbera-Mé,
favo da noite, glória de Emílio,
dádiva ao morto, que o céu inspira,
      por Monsenhor.
Jamais um grande se foi sem música
e jamais teve outra, ungindo os ares,
como esta, grave, de Emílio Soares.

GUERRA DAS RUAS

Rua de Santana
e Rua de Baixo
entraram em guerra.
Morador de uma
não sofreu desfeita
de morador da outra.
Ninguém violou
horta de ninguém
pra roubar legume.
Por que foi então
que brigam as duas?
A Rua de Baixo
e a de Santana
tomaram partido
na guerra medonha
russo-japonesa.
Lá os de Santana
são aristocratas,
russófilos feros;
os daqui de Baixo,
povo pé-rapado,
nipo-esperançosos.
Discutem, refutam,
atacam, recuam,
contra-atacam, lépidos.
Entre as ruas ferem-se

batalhas navais.
Porto Artur e Mukden
estrondam os ares
municipais.
O desfecho, sabe-se.
Ficaram rompidas
as ruas rivais
mas também ficaram
para sempre ruas
do mundo.

MULADEIRO DO SUL

Chega o muladeiro, montado
em catedralesco animal branco
homem-cavalo-centauro-esplendor.
Tão rico ele é, pode comprar
todas as fazendas com seus fazendeiros
e levar, de pinga, o município.
Hospeda-se, imperial,
no único, mísero hotel
e lhe confere majestade.
Os hóspedes restantes curvam-se, humilhados.
As roupas finas, os dentes-joalheria,
a voz melodiosa, quem resiste
ao muladeiro do Sul?
Virgens querem entregar-se em casamento
ao in-Esperado que passeia em torno
uma aura de fastio sorridente.

Não despreza porém as casadas
e no baile em sua honra, tão distinto
cavalheiro, como dança
leve,
talvez encoste um pouco
demais... A bela dama
estranha seu olhar de faca florentina,
mas que é isso? Não veio apenas
comprar de meu marido a cavalhada?

Quero alguma coisa mais, os olhos dizem
e logo se recolhem: nada feito.
A bela dama, torre de virtude,
cala a tentativa, ante a visão
da ira do marido e seu revólver.
O mundo vinha abaixo... Não. Caluda.
O silêncio abre léguas de distância.
Desiste o Lovelace da conquista.

E compra a tropa, altíssimo negócio
de muitos contos, sem dinheiro à vista,
mas dinheiro pra quê? se o muladeiro
é a própria imagem dele, rutilante.
Lá vai, poeira de ouro, ferraduras
tinindo/retinindo estrada afora
a maior cavalhada, flor dos pastos
do maior criador. Mais para trás,
sem pó e sem rumor, navega nobre
em sua catedralesca montaria
o muladeiro do Sul. É todo glória.
Só não conseguiu a esquiva dama,
o resto vai consigo. A tarde curva
deixa passar o último vestígio
de pompa equestre. Vai... Baixam as moças
nas janelas a face pensativa.
Esse não volta mais. Adivinharam.
E nunca mais voltou, nunca pagou.

TESTAMENTO-DESENCANTO

Nesta comarca do Piracicaba,
através da cadeia do Espinhaço,
o vazio começa, e tudo acaba
por ser amplo desânimo no espaço.

De meus escravos todos me dispenso
em doação a filhos de três leitos.
Conservarei apenas este lenço
de assoar. Paguem eles os direitos

novos e velhos na Coletoria
enquanto me alcatifo para a morte,
recamado de enjoo e cinza fria.

Não me venham dizer que é muito cedo
e há que merecer o passaporte.
A alma desiste, finda-se o brinquedo.

FAZENDA DOS 12 VINTÉNS OU DO PONTAL

O ECO

A fazenda fica perto da cidade.
Entre a fazenda e a cidade
o morro
a farpa de arame
a porteira
o eco.

O eco é um ser soturno, acorrentado
na espessura da mata.
E profundamente silencioso
em seu mistério não desafiado.

Passo, não resisto a provocá-lo.
O eco me repete
ou me responde?
Forte em monossílabos,
grita ulula blasfema
brinca chalaceia diz imoralidades,
finais de coisas doidas que lhe digo,
e nunca é alegre mesmo quando brinca.

É o último selvagem sobre a Terra.
Todos os índios foram exterminados ou fugiram.
Restou o eco, prisioneiro
de minha voz.

De tanto se entrevar no mato,
já nem sei se é mais índio ou vegetal
ou pedra, na ânsia da passagem
de um som do mundo em boca de menino,

som libertador
som moleque
som perverso,
qualquer som de vida despertada.

O eco, no caminho
entre a cidade e a fazenda,
é no fundo de mim que me responde.

SALVE, ANANIAS

Avista-se na curva da estrada
o coqueiro Ananias
imperador da paisagem
e da passagem.
Grita-se: ANANIAS!
Não responde. O leve
frêmito de palmas é sua música particular.
Executa-a, soberano. Deixa-nos
passar.
Está ali desde antes de nascerem os viajantes.
Estará ali depois que todos morrerem.
Dá-se ao respeito.
Salve, Ananias, os que vão findar te saúdam.

HORA MÁGICA

Pés contentes na manhã de março.
Ó vida! Ó quinta-feira inteira!
pisando a areia que canta, o barro que clapeclape,
a poça d'água que rebrilha.
Há de ser sempre assim, não vou crescer,
não vou ser feito os grandes, apressados,
aflitos, de fumo no chapéu,
esporas galopantes.
O dia é todo meu. E este caminho,
estas pedras, estes passarinhos, este sol espalhado
em cima de minha roupa, de minhas unhas.
Tenho canivete Rodger, geleia, pão de queijo
para comer quando quiser.
Descobrir tesouro, bichos nunca vistos,
quem sabe se um feiticeiro, um ermitão,
a ondina ruiva do Rio do Tanque.
Igual aos índios. Igual a mim mesmo, quando sonho.

BOITEMPO

Entardece na roça
de modo diferente.
A sombra vem nos cascos,
no mugido da vaca
separada da cria.
O gado é que anoitece
e na luz que a vidraça
da casa fazendeira
derrama no curral
surge multiplicada
sua estátua de sal,
escultura da noite.
Os chifres delimitam
o sono privativo
de cada rês e tecem
de curva em curva a ilha
do sono universal.
No gado é que dormimos
e nele que acordamos.
Amanhece na roça
de modo diferente.
A luz chega no leite,
morno esguicho das tetas
e o dia é um pasto azul
que o gado reconquista.

CASARÃO MORTO

Café em grão enche a sala de visitas,
os quartos – que são casas – de dormir.
Esqueletos de cadeiras sem palhinha,
o espectro de jacarandá do marquesão
entre selas, silhões, de couro roto.
Cabrestos, loros, barbicachos
pendem de pregos, substituindo
retratos a óleo de feios latifundiários.
O casão senhorial vira paiol
depósito de trastes aleijados
fim de romance, *p.s.*
de glória fazendeira.

MANCHA

Na escada a mancha vermelha
que gerações sequentes em vão
tentam tirar.

Mancha em casamento com a madeira,
subiu da raiz ou foi o vento
que a imprimiu no tronco, selo do ar.

E virou mancha de sangue
de escravo torturado – por que antigo
dono da terra? Como apurar?

Lava que lava, raspa que raspa e raspa,
nunca há de sumir
este sangue embutido no degrau.

BOTA

A bota enorme
rendilhada de lama, esterco e carrapicho
regressa do dia penoso no curral,
no pasto, no capoeirão.
A bota agiganta
seu portador cansado mas olímpico.
Privilégio de filho
é ser chamado a fazer força
para descalçá-la, e a força é tanta
que caio de costas com a bota nas mãos
e rio, rio de me ver enlameado.

CAÇAMBA

Caçamba
o pé revestido de prata

caçamba
galope real selo sonoro

caçamba
meu poder meu poder na cidade e na mata

caçamba
vão-se glória e cavalo a um canto do *living*.

PRIVILÉGIO

Chicote
de cabo de prata
lavrada
chicote
de *status*
não fica entre os outros
de couro e madeira
plebeus.
É guardado à parte,
zelado ao jeito
dos bens de família.
Não risca no flanco
de qualquer animal.
Reserva-se todo
para uso exclusivo
da mulher fazendeira.
O fino cavalo branco
recebe orgulhoso
a chicotada argêntea
de mão feminina.

PROPRIEDADE

O capim-jaraguá, o capim-gordura
recobrem a mina de ouro sem ouro.
Pastam 200 bestas novas de recria,
150 reses pisam o que foi
a vinha de 30 mil pés. O engenho
de serra, fantasma petrificado.
O moinho d'água mói o milho mói a hora mói
o fubá da vida. Fubá escorre dos dedos,
polvilha amarelo os empadões de estrume
do curral. No espelho do córrego bailam
borboletas bêbadas de sol. Jabuticabeiras
carregadas esperam. No galho mais celeste
fujo da fazenda fujo da escola fujo
de mim.
Sou encontrado 50 anos depois
naquela ilha do Atlântico próxima à foz do Orenoco.

PARÊMIA DE CAVALO

Cavalo ruano corre todo o ano
Cavalo baio mais veloz que o raio
Cavalo branco veja lá se é manco
Cavalo pedrês compro dois por mês
Cavalo rosilho quero como filho
Cavalo alazão a minha paixão
Cavalo inteiro amanse primeiro
Cavalo de sela mas não pra donzela
Cavalo preto chave de soneto
Cavalo de tiro não rincho, suspiro
Cavalo de circo não corre uma vírgula
Cavalo de raça rolo de fumaça
Cavalo de pobre é vintém de cobre
Cavalo baiano eu dou pra Fulano
Cavalo paulista não abaixa a crista
Cavalo mineiro dizem que é matreiro
Cavalo do Sul chispa até no azul
Cavalo de inglês fica pra outra vez.

SURPRESA

Estes cavalos fazem parte da família
e têm orgulho disto.
Não podem ser vendidos nem trocados.
Não podem ser montados por qualquer.
Devem morrer de velhos, campo largo.

Cada um de nós tem seu cavalo e há de cuidá-lo
com finura e respeito
É manso para o dono e mais ninguém.
Meu cavalo me sabe seu irmão,
seu rei e seu menino.
Por que, no vão estreito
(por baixo de seu pescoço eis que eu passava)
os duros dentes crava
em minhas costas, grava este protesto?

Coro fazendeiro:

O cavalo mordeu o menino?
Por acaso o menino ainda mama?
Vamos rir, vamos rir do cretino,
e se chora, que chore na cama.

NOMES

As bestas chamam-se Andorinha, Neblina
ou Baronesa, Marquesa, Princesa.
Esta é Sereia,
aquela, Pelintra
e tem a bela Estrela.
Relógio, Soberbo e Lambari são burros.
O cavalo, simplesmente Majestade.
O boi Besouro,
outro, Beija-flor
e Pintassilgo, Camarão,
Bordado.
Tem mesmo o boi chamado Labirinto.
Ciganinha, esta vaca; outra, Redonda.
Assim pastam os nomes pelo campo,
ligados à criação. Todo animal
é mágico.

MULINHA

A mulinha carregada de latões
vem cedo para a cidade
vagamente assistida pelo leiteiro.
Para à porta dos fregueses
sem necessidade de palavra
ou de chicote.
Aos pobres serve de relógio.
Só não entrega ela mesma a cada um o seu litro de leite
para não desmoralizar o leiteiro.

Sua cor é sem cor.
Seu andar, o andar de todas as mulas de Minas.
Não tem idade – vem de sempre e de antes –
nem nome: é a mulinha do leite.
É o leite, cumprindo ordem do pasto.

O BELO BOI DE CANTAGALO

Por trás da bossa do cupim
a cobra espreita
o belo boi de Cantagalo
trazido com que sacrifício
de longas léguas a pé e lama
para inaugurar novo rebanho
dos sonhos zebus do Coronel.

Por trás da bossa do cupim
a cobra, cipó inerte,
medita cálculo e estratégia,
e o belo boi de Cantagalo
mal sente, sob o céu de Minas,
chegar o segundo-relâmpago
em que o cipó se alteia, se arremessa
e fere e se enrodilha e aperta
e aperta mais, aperta sempre
e mata.

Já não cobrirá as doces vacas
ao seu destino reservadas
o belo boi de Cantagalo,
e queda ali,
monumento desmantelado.
A bossa jaz ao lado da outra bossa,
no imóvel sol do meio-dia.

DESTRUIÇÃO

No pasto mal batido
morre o zebu picado de cobra
morre o zebu vindo de Cantagalo
com que rebuliço de estrada de ferro
com que sacrifício de estrada de barro
com que orgulho de dono da terra
morre o boi indiano
com que silêncio de urubus
na tronqueira perto.

O FAZENDEIRO E A MORTE

I

Bate na vaca, bate.
Bater até que ela adote
a cria da vaca morta
como sua cria morta.
Batebate na vaca, bate.

Bota couro sobre couro
na ilusão de cheiro-pelo.
Se não vale,
bate na recusa, bate
naquilo que te rebate.

No desencontro da vaca
e do bezerro e das mortes
enlaçáveis
bate, debate, combate.
Em ti mesmo estás batendo
o deus que não vence o boi.

II

Não queres perder a cria,
é justo, é justo.

Não queres ver desfalcado
teu difícil gado suado.
E amas em cada bezerro
o boi eterno
na eterna pastagem, sangue
de teu viver.
E bates desesperado
porque a morte não deserta
o curral sujo.

A morte não te obedece
nem a teu amor de dono.
Não tem a morte piedade
de bezerro, a morte é leite
censurado.
Estás batendo na morte
com chicote apaixonado.
O criador ama a cria
como se fosse seu filho.
Aos filhos que tu perdeste
soma-se
o bezerro já morto junto ao ubre.

ESTRADA

O cavalo sabe todos os caminhos,
o cavaleiro não.

A trompa
ecoa no azul longe
e no peito do viajante perdido.
Afinal os homens se encontram,
ninguém na terra é sozinho.

Caçadores chegam em festa
barbas faíscam ao sol
entre veados mortos
e ladridos.

O braço aponta o rumo
o braço goza a turbação.
Oi neto de boiadeiros
oi filho de fazendeiros
que nem sabes teus carreiros!
Que mais sabes?

Foge o tropel da trompa na poeira.
Tudo na terra é sozinho.

ANTOLOGIA

Guardo na boca os sabores
da gabiroba e do jambo,
cor e fragrância do mato,
colhidos no pé. Distintos.
Araticum, araçá,
ananás, bacupari,
jatobá... todos reunidos
congresso verde no mato,
e cada qual separado,
cada fruta, cada gosto
no sentimento composto
das frutas todas do mato
que levo na minha boca
tal qual me levasse o mato.

MELINIS MINUTIFLORA

No mais seco terreno, o capim-gordura
inunda o pasto de oleoso aroma,
catingueiro de atrair vacas,
afugentar cobras
mais carrapatos.
Seu pendão violáceo, balançante ao vento,
garante leite e carne com fartura,
na voz do agregado que celebra
as mil virtudes do capim-gordura:

> "Esse gado todo
> vive à custa dele.
> Eu mesmo, que vivo
> de cuidar do gado,
> sou agradecido
> ao capim-gordura,
> pois além do mais,
> na sua brandura,
> ele é diurético,
> antidisentérico,
> antidiarreico.
> Para rematar,
> dá aos passarinhos
> maciez de ninho.
> Que na minha frente
> ninguém fale mal

do santo capim-
-gordura, criatura
da maior fervura
do meu peito amante!"

AQUELE CÓRREGO

Tão alegre este riacho.
Riacho? Gota d'água em tacho.
Nem necessita pinguela
para chegar à outra margem.
Um salto: salto a corrente.
É ribeirão de presépio,
é mar de quem nunca viu
o mar, nem prevê o mar.

Tão festeiro, tão brincante
de lambaris rabeando
na transparência da linfa.
Tão espelho, tão pedrinhas
de luz chispante em arestas.
Que nome ele tem? Não tem
nome nenhum, tão miudinho
ele é. Pois é, qual riacho
qual nada. Ele é mesmo *corgo*
ou nem isso. É meu desejo
de água que não me afogue
e onde eu veja minha imagem
me descobrindo, indagando:
Que menino é esse aí?

Que menino é este aqui?
Não sei como responder.

A aguinha treme, trotina
sob o calhau atirado
por meu irmão. Ou por mim?
Melhor é deixar o *corgo*
brincar de ser rio e ir
passeando lambaris.

AR LIVRE

Sopra do Cutucum
uma aragem de negras
derrubadas na vargem.
Venta do Cutucum
um calor de sovacos
e ancas abrasadas.
A cama é a terra toda
e o amor um espetáculo
oferecido às vacas
que não olham e pastam.
A carne sobre farpas,
pedrinhas e formigas,
dói que dói e não sente,
na urgência de cumprir
o estatuto do corpo.
E todo o Cutucum
é corpo preto e branco
enlaçado em si mesmo
e chupando, e chupado.

INSCRIÇÕES RUPESTRES NO CARMO

Os desenhos da Lapa, tão antigos
que nenhum bisavô os viu traçar,
esses riscos na pedra, indecifráveis,
palavras sem palavra, mas falantes
ao surdo ouvido indiferente de hoje,
esse abafado canto das origens
que o professor não sabe traduzir
– à noite (cismo agora) se destacam
da laje fria, espalham-se no campo.
São notícias de índio, religiões
ligando mente e abismo, vida solta
em fantásticos ritos amorosos,
de sangue, de colheita, em meio a deuses
nativos do sertão do mato-dentro.
Cada linha desdobra-se: arabescos
sonoros, e uma festa como nunca
mais se veria em gleba conquistada
por meus antepassados cobiçosos
de ouro, gado, café, recobre a terra
devolvida a seus donos naturais.
Não o boi: o tapir, nem o sitiante
nem porteira-limite nem papéis
marcando posse, prazo, juro, herança.
É um tempo antes do tempo de relógio,
e tudo se recusa a ser História
e a derivar em provas escolares.

Lá vou eu, carregando minha pedra,
meu lápis, minha turva tabuada,
rumo à aula de insípidos ditados,
cismando nesses mágicos desenhos
que bem desenharia, fosse índio.

MORAR NESTA CASA

CASA

Há de dar para a Câmara,
de poder a poder.
No flanco, a Matriz,
de poder a poder.
Ter vista para a serra,
de poder a poder.
Sacadas e sacadas
comandando a paisagem.
Há de ter dez quartos
de portas sempre abertas
ao olho e pisar do chefe.
Areia fina lavada
na sala de visitas.
Alcova no fundo
sufocando o segredo
de cartas e baús
enferrujados.
Terá um pátio
quase espanhol vazio
pedrento
fotografando o silêncio
do sol sobre a laje,
da família sobre o tempo.
Forno estufado
fogão de muita fumaça
e renda de picumã nos barrotes.

Galinheiro comprido
à sombra de muro úmido.
Quintal erguido
em rampa suave, flores
convertidas em hortaliça
e chão ofertado ao corpo
que adore conviver
com formigas, desenterrar minhocas,
ler revista e nuvem.
Quintal terminando
em pasto infinito
onde um cavalo espere
o dia seguinte
e o bambual receba
telex do vento.
Há de ter tudo isso
mais o quarto de lenha
mais o quarto de arreios
mais a estrebaria
para o chefe apear e montar
na maior comodidade.
Há de ser por fora
azul 1911.
Do contrário não é casa.

PORTA DA RUA

Vive aberta a porta da casa,
ninguém entra para furtar.
Por que se fecharia a casa?
Quem que se lembra de furtar?

Pois se há vida na casa, a porta
há de estar, como a vida, aberta.
Só se fecha mesmo esta porta
para quedar, ao sonho, aberta.

DEPÓSITO

Há uma loja no sobrado
onde não há comerciante.
Há trastes partidos na loja
para não serem consertados.
Tamborete, marquesa, catre
aqui jogados em outro século,
esquecidos de humano corpo.
Selins, caçambas, embornais,
cangalhas
de uma tropa que não trilha mais
nenhuma estrada do Rio Doce.
A perna de arame do avô
baleado na eleição da Câmara.
E uma ocarina sem Pastor Fido
que à aranha não interessa tocar,
enorme aranha negra, proprietária
da loja fechada.

VISITA MATINAL

É teatral a escada de dois lances
entre a rua e os Andrades.
Armada para ópera? ou ponte
para marcar isolamento?

Bater à porta da rua, tanto vale
gritar do Amazonas
a um homem que passeia na Moldávia.

Carece entrar, subir a escada
com fortes pés batendo as fortes tábuas.

— Que cavalo escoiceia desse jeito?
pergunta meu pai no entressono.
Meu Deus: é o doutor juiz de direito!

ESCRITÓRIO

No escritório do Velho
trona o dicionário livro único
para o trato da vida.
O mais é ciência do sangue
soprada por avós tetravós milavós
e
percepção direta do mundominas.

O escritório do Velho é fazenda
abstrata.
Os papéis: terras cavalhadas boiadas
em escaninhos.

A mesa do Velho é tabernáculo da lei
indevassável à curiosidade menina
mas a poder de formão
levanta-se o tampo
abre-se a gaveta
furtam-se pratas de dois mil-réis
riqueza infinita de uma semana.

RECINTO DEFESO

Por trás da porta hermética
a sala de visitas
espera longamente
visitas.

O sofá recusa
traseiros vulgares.

As escarradeiras
querem cuspe fino.

Ai, espelho nobre,
não miras qualquer.

Assim tão selada,
cheirando a santuário,
por que me negas, sala,
teu luxo?

Por favor, visitas,
vinde, vinde rápido
pra que eu também visite
a sala de visitas!

MÚSICA

O monumento negro do piano
domina a sala de visitas.
É maior do que ela, na imponência
lustrosa de sua massa.
Nele habitam cascatas encadeadas
à espera da manhã.
Tão bom que não falasse.
Mas fala, fala. A casa é caixa
de ressonância. Os pratos vibram.
O ar é som, o cão reage,
trava luta renhida com Czerny
e perde.
O pobre do silêncio refugia-se
no bico do canário.

PORTA-CARTÕES

O que há de mais moderno? Porta-cartões
pendente da parede
da sala de visitas, junto ao piano.

O porta-cartões, receptáculo de seda
em forma de leque ou coração,
semeado de finas pinturinhas
e bordados:
flores, asas, volutas
por mimosa mão-donzela entretecidas.

No interior do porta-cartões,
postais do Rio, de Vitória e Carangola,
de primos que, sublimes, passearam
no Bois de Boulogne, comprovando
nosso temperamento aventureiro.
(Os argonautas não medem perigos
e lonjuras.)
São paisagens seletas,
belezas e primores do Senhor
esparzidos na Terra.

Também alguns casais envernizados
em decoroso enlevo:
não se beijam (o beijo está nos olhos,
disfarçado?),

estampas tão suaves
e mais cartõezinhos de boas-festas
em recente dezembro
– essa outra novidade
de que começa a carpir-se João Gonçalves,
tal a sobrecarga de carteiro.

De todos o mais belo, na cidade,
porta-cartões, ainda não se sabe.
Porfiam senhoritas no preparo
de aladas peças, qual mais graciosa,
e escrevem, solicitam, recomendam,
insistem:
venham, venham cartões
formosos, coloridos, a florir
ainda mais a cetínea coleção.
Na sala de visitas, as visitas
terão de confessar que este é o mais lindo
porta-cartões da sala brasileira.

NOVA MODA

Areia
espalhada nas tábuas do soalho
é o maior requinte.
Há de ser branca
fininha
lavada peneirada.
O chão nervoso ringe
e todos se extasiam: Que lindeza.
É, mas andar descalço
já não dá aquele prazer de corpo livre
e à noite a cama é areia
a camisola, areia
o corpo, todo areia
e os sonhos, ah os sonhos são areia.

RESUMO

Nunca ouvi o assobio do tapir
que desafiava os Coroados
e desafia os caçadores de anta nas matas do Carmo.
Vi o tapir estirado na sala, reduzido a tapete,
montei o tapir, na sela com enfeites de prata.
Que sei do tapir
senão sua derrota?

O ARCO SUBLIME

Pintura... Que sentido
tem a palavra arte, que me ensinam?

A selva ancilosada na parede
da sala de visitas
não me convence
ou vence.

No céu sem moldura,
o arco-íris, brinquedo-de-olhar, jogo de olhar
e de pegar com a mente,
breve se desfaz, e continua
em mim, fascinador: arte-maior.

TRÊS GARRAFAS DE CRISTAL

Na sombra da copa, as garrafas
escondem sua cintilação.
Esperam jantares de família
que nunca se realizarão.

A verde-clara, a rósea, a que refrange
todos os tons da transparência,
sem vinho que as anime, calam
o menor tinido de existência.

Cristais letárgicos, como as belas
nos bosques, e as joias nas malas,
antiquários ainda não nasceram
que virão um dia buscá-las.

TRÊS COMPOTEIRAS

Quero três compoteiras
de três cores distintas
que sob o sol acendam
três fogueiras distintas.

Não é para pôr doce
em nenhuma das três.
Passou a hora de doce,
não a das compoteiras,
e quero todas três.

É para pôr o sol
em igual tempo e ângulo
nas cores diferentes.
É para ver o sol
lavrando no bisel
reflexos diferentes.

Mas onde as compoteiras?
Acaso se quebraram?
Não resta nem um caco
de cada uma? Os cacos
ainda me serviam
se fossem três, das três.

Outras quaisquer não servem
a minha experiência.

O sol é o sol de todos
mas os cristais são únicos,
os sons também são únicos
se bato em cada cor
uma pancada única.

Essas três compoteiras,
revejo-as alinhadas
tinindo retinindo
e varadas de sol
mesmo apagado o sol,
mesmo sem compoteiras,
mesmo sem mim a vê-las,
na hora toda sol
em que me fascinaram.

O LICOREIRO

O gosto do licor começa na ideia
licoreiro.
Digo baixinho: licoreiro. Que sabor
no som, no conhecimento do cristal
independente de licor de leite,
fabricação mui fina da cidade,
segredo da família de Oscarlina.

O licoreiro, vejo-o
delicioso em si, mesmo vazio
à espera de licor, de tal maneira
na forma trabalhada
habita o gosto perfumado
e em cada prisma-luz se distribui
ao paladar da vista já gozando.

— Que tem esse menino, a contemplar
o tempo todo o licoreiro
se dentro dele não há nada?
Meu Deus, esse menino é viciado,
está na pua, só de olhar o licoreiro!

O VINHO

O vinho à mesa, liturgia.

Respeito silencioso
paira sobre a toalha.
A garrafa espera o gesto,
o saca-rolha espera o gesto,
a família espera o gesto
que há de ser lento e ritual.

Ergue-se o pai, grão-sacerdote,
prende a garrafa entre os joelhos,
gira regira a espira metálica
até o coração do gargalo.
Não faz esforço,
não enviesa,
não rompe a rolha.
É grave, simples,
de velha norma.

Nítido espoca
o ar libertado.
O vinho escorre
sereno, distribuindo-se
em porções convenientes:
copo cheio, os grandes;
a gente, dois dedos.

Bebe o pai primeiro.
Assume a responsabilidade
sacra.
Já podemos todos
saber que o vinho é bom
e piamente degustá-lo.

Mas quem diz que bebo solene?
Meu pensamento é o saca-rolha,
o sonho de abrir garrafa
como ele – só ele – abre.

A roxa mácula no linho,
pecado capital.
Esse menino
não aprende nunca a beber vinho?
(Quero é aprender a abrir o vinho
e nem mesmo posso aspirar
ao direito de abrir o vinho
que incumbe ao pai e a mais ninguém
em nossa antiga religião.)

CHUPAR LARANJA

A laranja, prazer dourado.
A laranja, prazer redondo.
A laranja, prazer fechado.
A laranja, prazer de faca.

Ou canivete. Cada golpe
anuncia: já se aproxima
o íntimo prazer da laranja,
que não se dá sem sacrifício.

A laranja não se espedace,
para mais intenso prazer.
A laranja fique redonda,
mesmo sem casca: esfera branca.

Então corte rápido a lâmina
um dos polos; a mão aperte,
e a boca sorverá, sensual,
a líquida alma da laranja.

Quem foi que, anônimo, inventou
o prazer de chupar laranja
em forma global de mamucha?
Gerações antigas sorriem
neste mestrado de volúpia.

PAÍS DO AÇÚCAR

Começar pelo canudo,
passar ao branco pastel
de nata, doçura em prata,
e terminar no pudim?

Pois sim.
E o que boia na esmeralda
da compoteira:
molengos figos em calda,
e o que é cristal em laranja,
pêssego, cidra – vidrados?
A gula, faz tanto tempo,
cristalizada.

NOVO HORÁRIO

Rosa trouxe costumes elegantes
da Capital.
Já não se almoça às 9 da manhã
e não se janta às 4.
(O resto, o dia imenso, todo meu.)
Esse café do meio-dia quando sai?
Tudo é mais tarde, lento,
e há uma fome! uma fome!

Rosa trouxe a moda, com requintes
de enfeites e maneiras. Há um silêncio
de colégio francês no mastigar.
Certas comidas surgem transformadas,
muda o gosto,
muda a vida.

Azulou a divina liberdade.

PESQUISA

Procuro a cor nos mínimos objetos
existentes em casa.
Na fita de seda azul que vai ornar
os cabelos de Rosa, flor suspensa
em campo negro.
Na estampa das peças de morim
amanhã convertidas em lençóis
enquanto a camponesa no trigal
revestida de sol
será rasgada por inútil.
(Tanto que pedi não a rasgassem
e dessem para mim.)
Procuro a cor
nos alfinetes de cabeça redonda.
Amarelo azul verde vermelho
roxo, tão perfeitos,
tão independentes do alfinete,
pequeninos mundos luminosos
contendo toda a cor, toda a linguagem
dos elementos não agrilhoados
à vontade dos grandes.
Cada cabecinha
conta seu poder tranquilo, sua glória.
Começo a pressentir
na cor o quarto reino natural
a enriquecer de vida os outros reinos.

AÇOITA-CAVALO

A madeira da cadeira
– ouvi o mano falar –
se chama açoita-cavalo
e fico logo a cismar.
Vou me sentar na cadeira
a modo de cavalgar,
de costas, pernas em gancho,
segurando no espaldar.
Montaria de madeira,
chicote de castigar.
Cavalo assim tão parado
nunca vi ninguém contar.
Em vão lhe puxo o cabresto
(cabestro de imaginar).
Não se move deste quarto
e por aqui vai ficar.
Já não repito: Upa, upa!
e de tanto esporear,
vou ficando embrabecido,
começo agora a xingar.
Porcaria de cavalo
empacado no lugar!
Nem mesmo com xingamento
se resolve a disparar,
enquanto eu, a sacudi-lo
em doido movimentar,

como último argumento
chicote estalando no ar,
de tanto esforço que faço
nem sei mais me equilibrar
e rolamos embolados
num barulho de espantar.
A madeira da cadeira
não serve para montar,
ou cavalo de madeira
nunca se deve açoitar?

ESTOJO DE COSTURA

Tesouro da vista.
Não apenas alfinetes
de bolinha colorida na ponta.
Há os alfinetes voadores,
mágicos, de pombas
na cabecinha.
Não duvido nada que eles adejem
no quarto vazio.
"Vamos dar uma volta? – os alfinetes se dizem –
até o beiral da igreja, e voltamos."
"Não. O céu está cinzento,
o meu azul empalideceria."
"Ora, ora..."
Saem voando. Ninguém percebe
as pombas minúsculas no espaço.
Mamãe entra no quarto,
revolve o estojo de costura:
"Você andou mexendo em minhas coisas, menino?"

ESCAPARATE

Sobre o escaparate
preto
o vidro de óleo de rícino
a caixinha de cápsulas
o copo facetado e
a colher inclinada.

Sobre o escaparate
o relógio de algibeira
o bentinho vermelho
e o terço da aflição
a chama
da vela de espermacete vigiando
no castiçal de prata.

Dentro do escaparate
o ágate expectante do penico.

Em volta do escaparate
a negra cólica da noite. — Estou morrendo.

COPO D'ÁGUA NO SERENO

O copo no peitoril
convoca os eflúvios da noite.

Vem o frio nevoso
da serra.
Vêm os perfumes brandos
do mato dormindo.
Vem o gosto delicado
da brisa.

E pousam na água.

QUARTO ESCURO

Por que este nome, ao sol? Tudo escurece
de súbito na casa. Estou sem olhos.
Aqui decerto guardam-se guardados
sem forma, sem sentido. É quarto feito
pensadamente para me intrigar.
O que nele se põe assume outra matéria
e nunca mais regressa ao que era antes.
Eu mesmo, se transponho
o umbral enigmático,
fico outro ser, de mim desconhecido.

Sou coisa inanimada, bicho preso
em jaula de esquecer, que se afastou
de movimento e fome. Esta pesada
cobertura de sombra nega o tato,
o olfato, o ouvido. Exalo-me. Enoiteço.
O quarto escuro em mim habita. Sou
o quarto escuro. Sem lucarna.
Sem óculo. Os antigos
condenam-me a esta forma de castigo.

QUARTO DE ROUPA SUJA

Ao quarto de roupa suja
só vou se for obrigado.
No quarto de roupa suja
não há nada que fazer.
O quarto de roupa suja
não é quarto de brincar.
Em quarto de roupa suja
não tem graça me esconder.
O quarto de roupa suja
lembra sujeira de corpo.
Do quarto de roupa suja
não vou querer me lembrar.
No quarto de roupa suja
a roupa suja conversa.
O quarto de roupa suja
não tem fedor especial.
No quarto de roupa suja
cheira a ardido e nem é tanto
mas quarto de roupa suja
é o próprio cascão do sujo.
Do quarto de roupa suja
volto mais só e mais sujo.
No quarto de roupa suja
por que me querem prender?

HIGIENE CORPORAL

Junto à latrina, o caixote
de panos de limpar cu
de menino.
Sá Maria é quem limpa o cu
e lava o pano.

Cresce o menino.
Assume a responsabilidade
de limpar seu próprio cu
com pedaços de jornal.
Sá Maria é chamada a outros deveres.

CASA E CONDUTA

As partes claras
e as partes negras
do casarão
cortam no meio
meu coração.

Sou um ou outro
móbil caráter
conforme a luz
que me percorre
ou se reduz.

Anjo-esplendor,
mínimo crápula,
não sou quem manda
em mim no escuro
ou na varanda.

Serei os dois
no exato instante
em que abro a porta,
ainda hesitantes,
a porta e eu?

O casarão
de lume e sombra

é que decide
meu julgamento
na opinião
dos grandes, sem
apelação
do eu confuso,
no indefinível
entardecer.

COZINHA

O burro e o lenheiro
caminham passo a passo no ofertório
mudo.
O burro, desferrado.
O lenheiro, descalço.
A lenha, outro silêncio.

A lenha, o lenheiro, o burro
queimam-se igualmente no fogão
desde que a vila é vila
e o mundo, mundo.

O burro, o lenheiro, a lenha
apagam-se, reacendem-se, letreiros
unos em solidão.

O CRIADOR

A mão de meu irmão desenha um jardim
e ele surge da pedra. Há uma estrela no pátio.
Uma estrela de rosa e de gerânio.
Mas seu perfume não me encanta a mim.
O que respiro é a glória de meu mano.

CONCERTO

O cravo, a cravina, a violeta eram instrumentos de música
ou eram flores?
Na terra úmida filtrava-se
não sei que melodia de câmara
em múrmuro *ostinato*
e o jardim era uma sonata que não se sabia sonata.

FLOR-DE-MAIO

Não na loja das Flores, de João Rosa:
no parapeito da varanda aberta
às cartas do sereno, é que te vejo,
        meu vaso em flor de seda,
meu agora só meu, que o tempo rói
        o tempo,
nem anda na varanda mais ninguém
e o parapeito é vácuo neste peito,
meu cacto miniatura a florescer
nos olhos de uma antiga jardineira
que agora os tem fechados
                e sem maio.

BEIJO-FLOR

O beijo é flor
no canteiro
ou desejo na boca?
Tanto beijo nascendo
e colhido
na calma do jardim
nenhum beijo beijado
(como beijar o beijo?)
na boca das meninas
e é lá que eles estão
suspensos
invisíveis.

ASSALTO

O povo agitado das galinhas
foge à verificação anal
de ovos por botar.
A empinada púrpura do galo
protesta contra a invasão do território.
Bateria de gritos
clarim cacarejante musicando
a sombra úmida do poleiro
tapete de titica verde onde escorrega
plaft
o roubador de indez para gemada.

LITANIA DA HORTA

Horta dos repolhos, horta do jiló,
horta da leitura, horta do pecado,
horta da evasão, horta do remorso,
horta do caramujo e do sapo e do caco
de tigela de cor guardado por lembrança,
horta de deitar no chão e possuir a terra,
e de possuir o céu, quando a terra me cansa.

ACHADO

Aqui, talvez, o tesouro enterrado
há cem anos pelo guarda-mor.
Se tanto o guardou, foi para os trinetos,
principalmente este: o menor.

Cavo com faca de cozinha, cavo
até, no outro extremo, o Japão
e não encontro o saco de ouro
de que tenho a mor precisão

para galopar no lombo dos longes
fugindo a esta vidinha choca.
Mas só encontro, e rabeia, e foge
uma indignada minhoca.

CANTO DE SOMBRA

O canto de sombra e umidade no quintal.
Do muro de pedra escorre o fio d'água,
manso, no verde limoso, eternamente.
Uma gota e outra gota, no silêncio
onde só as formigas trabalham
e dorme um gato e dorme o futuro das coisas
que doerão em mim, desprevenido.
Crescem, rasteiras, plantas sem pretensão
de utilidade ou beleza.
Tudo simples. Anônimo.
O sol é um ouro breve. A paz existe
na lata abandonada de conserva
e no mundo.

CISMA

Este pé de café, um só, na tarde fina,
e a sombra que ele faz, uma sombra menina
      entre pingos vermelhos.
      Sentado, vejo o mundo
abrir e reabrir o seu leque de imagens.
Que riqueza, viver no tempo e fora dele.
Eis desce lentamente o tronco e me contempla,
a embeber-se no meu e no sonho geral,
extasiada escultura, uma cobra-coral.

BANHO DE BACIA

No meio do quarto a piscina móvel
tem o tamanho do corpo sentado.
Água tá pelando! mas quem ouve o grito
deste menino condenado ao banho?
Grite à vontade.

Se não toma banho não vai passear.
E quem toma banho em calda de inferno?
Mentira dele, água tá morninha,
só meia chaleira, o resto é da bica.

Arrisco um pé, outro pé depois.
Vapor vaporeja no quarto fechado
ou no meu protesto.
A água se abre à faca do corpo
e pula, se entorna em ondas domésticas.

Em posição de Buda me ensaboo,
resignado me contemplo.
O mundo é estreito. Uma prisão de água
envolve o ser, uma prisão redonda.
Então me faço prisioneiro livre.
Livre de estar preso. Que ninguém me solte
deste círculo de água, na distância
de tudo mais. O quarto. O banho. O só.
O morno. O ensaboado. O toda-vida.

Podem reclamar,
podem arrombar
a porta. Não me entrego
ao dia e seu dever.

CHEGADA

Por que nos despejam
de nossos quartos milenários?
nos mandam passar a noite
sobre colchões de emergência, no chão,
na outra ala da casa, tão distante
de nossos cômodos,
de nossa intimidade com a cama, a cadeira, o penico,
de nosso trato com a bacia e o jarro de cada manhã,
de nossa muda convivência
com as sombras na parede, os sussurros
que vêm da rua, a voz sacramental
do relógio da matriz – é tarde –
batendo nove horas?

Ora, deixa estar que é bom.
Quem vai dormir em noite assim diversa?
Vai é jogar travesseiros um no outro,
criar fantasmas de lençol,
dizer besteiras, contar porcaria
sem perigo de ninguém mais ouvir.

Mas por que, me diz, esse bulício lá dentro,
esse ir-e-vir de passos abotinados,
esse outro pisar mais leve, mais seguro,
de mulher
(só pode ser da velha que não conhecemos
e que no lusco-fusco entrou em casa)?

Alguém geme, talvez. Alguém
agora está gemendo alto,
está gritando, abala o mundo? Horror
na treva sem explicação.
É ouvir e calar
nossa experiência de pavor.
Deve tudo estar certo, combinado
pelo poder dos grandes, enigmático.
Travesseiros, de cansaço, já não pulam
no escuro.
Gritos sem sentido já se apagam
na areia do cochilo
cochilante.

De manhã cedo, o sol em canto alegre:
"Esta noite
chegou mais uma irmãzinha pra vocês."

BRINCAR NA RUA

Tarde?
O dia dura menos que um dia.
O corpo ainda não parou de brincar
e já estão chamando da janela:
É tarde.

Ouço sempre este som: é tarde, tarde.
A noite chega de manhã?
Só existe a noite e seu sereno?

O mundo não é mais, depois das cinco?
É tarde.
A sombra me proíbe.
Amanhã, mesma coisa.
Sempre tarde antes de ser tarde.

TEMPESTADE

O raio
iluminou o mundo inteiro
até o fundo das almas.
Vida e inferno em relâmpago
se embolaram.
Depressa ao quarto! ao quarto obscuro!
De joelhos diante da cama.
Santa Bárbara na parede, valei-nos!
Nunca mais pecaremos nunca mais
havemos de merecer este castigo
de elétrica justiça.

A Santa escuta os pecadores
e sobre a enxurrada no cascalho
íris em arco, céu clemente,
celebra-se o casamento da raposa.

A INCÔMODA COMPANHIA DO JUDEU ERRANTE

Não durmo sem pensar no Judeu Errante.
A esta hora,
onde está, não estará,
pois caminha eterno, e seus passos ressoam
neste quarto, embaixo da cama,
na gaveta do armário, na porta do sono?

Para que foram me contar essa história de Judeu Errante
que tem começo e nunca terá fim?
Não sei se é pena ou medo
ou medopenamedo
o que sinto por ele.
Sei que me atinge. Me fere. Não há banco
nem cama para o Judeu Errante.
Come no ar. Não para.
Vestido de preto. Anda. Olhos sombrios. Anda.
Deixa marca de pés? Como é a sua voz?
E anda e anda e pisa no meu sonho.
Que mal fiz eu
para viver acorrentado à sua imagem?

O MAIOR PAVOR

Pavores
esparsos na cidade,
infiltrados na vida de um qualquer:
a noite – caligem, facões de cabo curto
cintilando no negrume
para me matar.
O cavaleiro-assombração
que diminui o trote
para
apeia
atravessa a porta aferrolhada
chega ao meu quarto e –
(o mais nem imagino).
O indiscutível lobisomem
saltando da boca narradeira de Sá Maria
em casos acontecidos muito perto
(amanhã será comigo?).
O morfético de Sete Cachoeiras
que estende o coto de mão pedindo água
(água não se deve recusar)
para infetar a cuia.
Maior de todos,
o salamaro sal catártico.
Maior, maior que ele ainda,
a poaia.

O mais ligado à gente, o sem-remédio,
areia amarela no copo grande
– toma, se não apanha!
humilhando a garganta
oferecendo o gosto que se tem pelo gostoso,
solução ou castigo de meus males
estômaco-morais?

A mão imperiosa
decide meu destino:
"Apanha e toma; é pra teu bem."
(Sempre que apanho é pra meu bem.)
Entre chinela e poaia
entre poaia e náusea,
irrompe, gêiser, a flor do vômito.

REUNIÃO NOTURNA

Jamais ficou comprovado
que aqui habitam fantasmas.
Entretanto eles circulam
mesmo sem comprovação.

Não são duendes estranhos,
forasteiros indiscretos.
Têm um traço de família:
todos de nossa nação.

A moça trágica e antiga
quis vir com eles: inútil.
Não pertencendo à família,
foi barrada no porão.

Se teve um caso com o avô,
merecia ser dos nossos.
Insiste, implora. Recusam-lhe
direito à incorporação.

Tem quartos que todos sentem
preferidos, por escuros.
Saem debaixo da cama
ou de escondido alçapão?

Nenhum estalo de tábua
nem arrastar de chinelos.
Vêm conferir os parentes
com a reserva de um ladrão.

Não pregam susto a meninos,
respeitam nossos horários.
É quando estamos dormindo
que eles marcam reunião.

No sofá da sala sentam-se,
miram seus próprios retratos
e lançam na escarradeira
o cuspe de ocasião.

Se falam, ninguém escuta.
Se riem, ninguém percebe.
De qualquer modo merecem
toda a consideração.

Já grita seu grito de ouro
o galo da madrugada.
Os aéreos visitantes
assim como chegam, vão.

Mas fica no dia claro
um sabor de assombração.

LIQUIDAÇÃO

A casa foi vendida com todas as lembranças
todos os móveis todos os pesadelos
todos os pecados cometidos ou em via de cometer
a casa foi vendida com seu bater de portas
com seu vento encanado sua vista do mundo
      seus imponderáveis
         por vinte, vinte contos.

NOTÍCIAS DE CLÃ

ANDRADE NO DICIONÁRIO

Afinal
que é andrade? andrade é árvore
de folhas alternas flores pálidas
        hermafroditas
          de semente grande
andrade é córrego é arroio é riacho
igarapé ribeirão rio corredeira
andrade é morro
povoado
ilha
perdidos na geografia, no sangue.

BRASÃO

Com tinta de fantasma escreve-se Drummond.
É tudo quanto sei de minha genealogia.

BRAÚNA

Baraúna
braúna
o pau canta no machado
o pau canta independente de machado
o nome canta
guaraúna
ibiraúna
muiraúna
parovaúna

De que são feitas minhas casas
minhas terras
meus cavalos?
De braúna.
Em meu catre de braúna o descanso de braúna
Meu passado
meus ossos de família
minha forma de ser
é de braúna

Braúna
para não acabar em tempo algum
para resistir
ficar na morte bem guardado
entre paredes de braúna eternamente

E disfarçar, braúna,
o que não é madeira, e chora.

HERANÇA

De mil datas minerais
com engenhos de socar
de lavras lavras e mais lavras
e sesmarias
de bestas e vacas e novilhas
de terras de semeadura
de café em cereja (quantos alqueires?)
de prata em obras (quantas oitavas?)
de escravos, de escravas e de crias
de ações da Companhia de Navegação do Alto Paraguai
da aurifúlgida comenda no baú
enterrado no poço da memória
restou, talvez? este pigarro.

HISTÓRIA

No império fomos liberais
e civilistas na República
(foi a primeira ou falta muito
para chegarmos à primeira?).
42, Santa Luzia,
na guerra fomos derrotados
e nas urnas Deus é quem sabe.
Nunca chegamos ao Poder
nem o Poder baixou a nós.
Ficamos, no choque de forças,
em surdina paralisada.
Mas temos castelos na Escócia.
Corrijo: nas Escócias do Ar.

RAIZ

Os pais primos-irmãos
avós dando-se as mãos
os mesmos bisavós
os mesmos trisavós
os mesmos tetravós
    a mesma voz
o mesmo instinto, o mesmo
fero exigente amor
    crucificante
    crucificado
a mesma insolução
    o mesmo não
explodindo em trovão
ou morrendo calado.

FOTO DE 1915

Esta família são dois jovens
alheios a tirar retrato.
Um se remira, espelho, no outro
e se reencontra num abraço.

Com o primeiro filho, a primeira
filha, e tormentosos trabalhos,
esta família é mais complexa.
Nem se pensa em colher imagens.

Vêm surgindo filhos (e penas).
Uns mal chegam, vão-se, enevoados.
Sobra tempo para imprimir
no papel o sonho da vida?

A família chega ao limite
de se sentar e recordar-se.
Já não cabe fotografia
panorâmica; um dia coube?

De Santa Bárbara o fotógrafo
chega em hora definitiva.
A tarde, a relva. Enquanto há sol,
cadeiras pousam no jardim.

Esta família faz-se grupo
imóvel mas sempre fixo.
Quanto sobrou de uma família:
a leve escultura de um grupo.

AQUELE ANDRADE

Que há no Andrade
diferente dos demais?
Que de ferro sem ser laje?
braúna sem ser árvore?

É o Andrade navegante
pelas roças pelas vinhas
do Pontal?
Em seu cavalo mais alvo
singra o mar que não lhe deram.
Viajante mais estranho
deixa a terra
paira alto alto alto
e não chego ao seu estribo.

Mas desce à porta de casa
em tamanho natural.

CONTADOR

As estórias que ele conta aos filhos
    Bicho Folhais
    Macaco Garcias
    Cafas Medonho
e volta a contar aos netos
    onça que comeu homem
    Pedro Bicudo que engoliu a dentadura
    cachorro que carregava defunto
    Saci-Pererê de São José do Calçado
    peras da miséria
    capado de João Carrinho
    papagaio de cu cosido
são os fatos positivos
a vida real e quente
que a gente vê apalpa assimila
ante a irrealidade de tudo mais.

ESCRITURAS DO PAI

Cada filho e sua conta,
em cada conta seu débito
que um dia tem de ser pago.
A morte cobrando dívidas
de que ninguém se lembrava,
mas no livro de escrituras,
vermelha, a dívida estava.
São as despesas da vida
em algarismos cifrados.
Estarás sempre devendo
tudo quanto te foi dado
e nem pagando até o fim
o menor vintém de amor
jamais te verás quitado,
pois no livro de escrituras
– capital, juros e mora –
teu débito está gravado.

O BEIJO

Mandamento: beijar a mão do Pai
às 7 da manhã, antes do café
e pedir a bênção
e tornar a pedir
na hora de dormir.

Mandamento: beijar
a mão divino-humana
que empunha a rédea universal
e determina o futuro.
Se não beijar, o dia
não há de ser o dia prometido,
a festa multimaginada,
mas a queda – tibum – no precipício
de jacarés e crimes
que espreita, goela escancarada.

Olha o caso de Nô.
Cresce demais, vira estudante
de altas letras, no Rio de outras normas.
Volta, não beija o Pai
na mão. A mão procura
a boca, dá-lhe um tapa,
maneira dura de beijar
o filho que não beija a mão sequiosa
de carinho, gravado
nas tábuas da lei mineira de família.

Que é isso? Nô sangra na alma,
a boca dói que dói
é lá dentro, na alma. O dia, a noite,
a fuga para onde? Foge Nô
no breu do não-saber, sem rumo, foge
de si mesmo, consigo,
e não tem saída
a não ser voltar,
voltar sem chamado,
para junto da mão
que espera seu beijo
na mais pura exigência
de terroramor.

Olha o caso de Nô.
7 da manhã.
Antes do café.

O BANCO QUE SERVE A MEU PAI

O Banco Mercantil
do Rio de Janeiro:
seu envelope azul
anuncia dinheiro
que um vitoriano
o dr. João Ribeiro
guarda para meu pai.
Seu piso de ladrilho
pisado por viúvas
sagrados senadores
e quantos possuírem
apólices debêntures
valores *in aeternum*
é sólido em brilho.
Na incerteza de tudo
só é certo em janeiro
colher o dividendo
flor de longo trabalho
na pedrosa fazenda
de gadinho leiteiro
e se o país empenha
sua alma aos Rothschilds
nanja o velho mineiro
de ferro cauteloso
que tem seu mealheiro
no Banco Mercantil

todo modéstia e força
do Rio de Janeiro
o banco que é bem bom
o de Santos Dumont
e Pereira Carneiro.

DISTINÇÃO

O Pai se escreve sempre com P grande
em letras de respeito e de tremor
se é Pai da gente. E Mãe, com M grande.

O Pai é imenso. A Mãe, pouco menor.
Com ela, sim, me entendo bem melhor:
Mãe é muito mais fácil de enganar.

(Razão, eu sei, de mais aberto amor.)

SUAS MÃOS

Aquele doce que ela faz
quem mais saberia fazê-lo?

Tentam. Insistem, caprichando.
Mandam vir o leite mais nobre.
Ovos de qualidade são os mesmos,
manteiga, a mesma,
iguais açúcar e canela.
E tudo igual. As mãos (as mães?)
são diferentes.

IRMÃO, IRMÃOS

Cada irmão é diferente.
Sozinho acoplado a outros sozinhos.
A linguagem sobe escadas, do mais moço
ao mais velho e seu castelo de importância.
A linguagem desce escadas, do mais velho
ao mísero caçula.

São seis ou são seiscentas
distâncias que se cruzam, se dilatam
no gesto, no calor, no pensamento?
Que léguas de um a outro irmão.
Entretanto, o campo aberto,
os mesmos copos,
o mesmo vinhático das camas iguais.
A casa é a mesma. Igual,
vista por olhos diferentes?

São estranhos próximos, atentos
à área de domínio, indevassáveis.
Guardar o seu segredo, sua alma,
seus objetos de toalete. Ninguém ouse
indevida cópia de outra vida.

Ser irmão é ser o quê? Uma presença
a decifrar mais tarde, com saudade?
Com saudade de quê? De uma pueril
vontade de ser irmão futuro, antigo e sempre?

OS CHAMADOS

Elias vive 8 dias.
Sua biografia está em duas linhas paroquiais
e já surge Lincoln
chamado a viver 3 meses e 23 dias.
Antônio resiste
1 ano, 5 meses, 3 dias.
João de Deus: 2 anos, 9 dias.
Vem Sílvio: 4 meses e 3 dias.
E vem Olavo: 1 ano e 17.
Geraldo vive uma eternidade: 3 anos, 5 dias.
Flávia não vai além de 27.
É tempo de parar
e chorar.
Os outros seis, que deus os vai poupando,
acenando que esperem – para quê?

DRAMA SECO

O noivo desmanchou o casamento.
Que será da noiva – toma hábito
ou se consagra à renda de bilro para sempre?

Tranca-se ao jeito das viúvas trágicas.

O noivo fica noivo novamente,
de outra moça, em outra rua.
A noiva antiga que dirá
em seu quartinho negro, à hora em que...?

À hora em que
passar a pé
o noivo com
seu cortejo, braço dado a braço dado,
rumo da noiva nova,
diz-que da antiga casa de noivado
a água descerá, em punição.

Lá vai o cortejo
todo ressabiado,
terno noivo
terno novo
preto de medo,
vestido novo
branco de medo,

olho de medo
no céu da casa.

Todas as janelas secamente fechadas,
sequer uma lágrima
pinga na lapela do noivo.

ROSA ROSAE

Rosa
   e todas as rimas
Rosa
   e os perfumes todos
Rosa
   no florindo espelho
Rosa
   na brancura branca
Rosa
   no carmim da hora
Rosa
   no brinco e pulseira
Rosa
   no deslumbramento
Rosa
   no distanciamento
Rosa
   no que não foi escrito
Rosa
   no que deixou de ser dito
Rosa
   pétala a pétala
   despetalirosada

REVOLTA

Não quero este pão – Quinquim atira
o pão no chão.

A mesa vira vidro, transparente
de emoção.
Quem ousa fazer isso em pleno almoço?
Pede castigo
o pão jogado ao chão.

O Castigador decreta:
Agora de joelhos você vai
apanhar este pão.
Vai fazer um barbante e amarrar
o pão no seu pescoço
e vai ficar o dia todo
de pão no peito, expiação.

Quinquim perdeu a força da revolta.
Apanha o pão, amarra o pão
no pescoço humilhado
e ostenta o dia todo
a condecoração.

NOVA CASA DE JOSÉ

José entra resmungando no Paraíso.
Lança os olhos em torno:
— Pensei que fosse maior.
O azul das paredes está desbotado.
Então é isto, o Céu?

Os anjos entreolham-se: — Ah, José!
Estávamos tão contentes com sua vinda...
José procura o recanto menos luminoso
para encastelar-se com sua canastra:
— Ninguém me bula nisto.
O serafim-ecônomo sorri:
— Sossegue, José. Aqui todas as coisas
viram essência.
Você terá a essência de sua canastra.

A taciturnidade de José causa espécie aos velhos santos
que pulam carniça, brincam de roda:
— Não quer vir conosco? A amarelinha
vai ser uma coisa louca...
Leve aceno de cabeça e: — Obrigado
(entre dentes) é resposta de José.

São Pedro coça a barba: como fazer
José sentir-se realmente no Paraíso?
É sua casa natural, José foi bom,
foi ríspido mas bom.

Carece varrer do íntimo de José as turvas imagens
de desconfiança e solidão.
— Não há outro remédio, suspira São Pedro.
Vou contar-lhe uma anedota fescenina.

E José sorri ouvindo a anedota.

CANTIGUINHA

Era um brinquedo maria
era uma estória maria
era uma nuvem maria
era uma graça maria
era um bocado maria
era um mar de amor maria
era uma vez era um dia
        maria

INSCRIÇÃO

Trágica menina
escondendo a sina
em placidez de água parada.

Trágica princesa
de um reino de dois andares
azuis,
mimada até a ponta das unhas
que se fincariam na pele
do frustrado viver.

Trágica madona
quatrocentista municipal,
hermética,
fugindo a denunciar as lanças cravadas
no alabastro palpitante.

Trágica três vezes,
três vezes muda,
sem despedida; coragem.

O PREPARADO

Por que morreu aquele irmão
que há pouco brincava no quarto
sem qualquer signo na testa?

Há pouco brincava no quarto.

Foi só tempo de arder em febre
e de o doutor lhe receitar
um preparado que não havia.

O preparado que não havia.

A longa espera da encomenda
pelo correio, e quando veio
em lombo de burro, no chouto,

a morte beijara o menino.
Sá Maria diz que é o destino.

ANJO-GUERREIRO

Ó João Jiló, fiscal da Câmara,
por que foste cortar a água
do sobrado do Coronel?
A pena d'água estava paga,
o Coronel estava ausente.
As panelas escureceram,
os meninos morrem de sede,
as camisas morrem de sujo.
Foi por vingança, João Jiló?
Foi por política, não foi?
Ah, Jiló, isto não se faz
com o Coronel nem com o sobrado.

Sá Maria, machado em punho,
já segue no teu encalço,
pelos botecos te procura
e pelos becos te reclama.
A empregada do Coronel
ofensas tais não admite.
Quando a encontrares, toma tento,
foge, foge, João Jiló,
ou antes, não fujas: abre
a água para o Coronel.

Não abres? Recusas? João,
ó João, insensato João,

já se ergue o fero machado
de rachar lenha e cabeça.
Invocas a autoridade,
a lei, a prisão perpétua?
Que importa, se Sá Maria,
acima da lei, é a própria
leoa negra do sobrado,
anjo-guerreiro da família
do Coronel.

Relumeia o ferro no espaço
e logo baixa, relampeante
sobre registro e encanamento.
Então pensavas, João Jiló,
que era para te matar,
a ti, simples fiscal da Câmara?
A água rebenta, libertada
da carceragem da política
e vai direta, vai esperta
para as panelas, os banheiros
e os meninos do Coronel.

CONVERSA

Há sempre uma fazenda na conversa
bois pastando na sala de visitas
divisas disputadas, cercas a fazer
porcos a cevar
a bateção dos pastos
a pisadura da égua
de testa – e vejo o céu – testa estrelada.

Há sempre
uma família na conversa.
A família é toda a história: primos
desde os primeiros degredados
filhos de Eva
até Quinquim Sô Lu Janjão Tatau
Nonô Tavinho Ziza Zito
e tios, tios-avós, de tão barbado-brancos
tão seculares, que são árvores.
Seus passos arrastam folhas. Ninhos
na moita do bigode. Aqui presentes
avós há muito falecidos. Mas falecem
deveras os avós?
Alguém deste clã é bobo de morrer?
A conversa o restaura e faz eterno.

Há sempre uma fazenda, uma família
entreliçadas na conversa:

a mula & o muladeiro
o casamento, o cocho, a herança, o dote, a aguada
o poder, o brasão, o vasto isolamento
da terra, dos parentes sobre a terra.

OS GRANDES

E falam de negócio.
De escrituras demandas hipotecas
de apólices federais
de vacas paridas
de éguas barganhadas
de café tipo 4 e tipo 7.

Incessantemente falam de negócio.
Contos contos contos de réis saem das bocas
circulam pela sala em revoada,
forram as paredes, turvam o céu claro,
perturbando meu brinquedo de pedrinhas
que vale muito mais.

COMEMORAÇÃO

Tristes aniversários. O presente,
briga de boca, repetida.
O presente,
sensação de vida torta sem conserto.
O presente,
arrependimento de nascer.
O presente,
ânsia de fugir sem para onde ir.
O presente
pudim de choro em calda.
O presente,
ideia de morte, liquidação de todo aniversário,
morte que ninguém ouse
comemorar.

ATENTADO

O cachorro em convulsões rola escada abaixo.
Seu vômito verde
colore de morte os degraus.
Comeu bola.
Nunca se saberá quem matou.
O assassino invisível golpeia
a orgulhosa família desarmada.

SOBRADO DO BARÃO DE ALFIÉ

Este é o Sobrado.
Existam outros, mas não se chamem
o Sobrado, peremptoriamente.

A escada de duas subidas já define
sua importância: lembra um trono.
É casa de barão, entre plebeus.

Sob a cimalha vejo a estatueta
de louça lusitana, vejo os vasos
de azul-vaidade, contra o azul do céu.

As sacadas, onde pairam minhas primas
acima das procissões, jovens olímpicas
entre voo e terra.

Ó século glorioso 19,
reinante no Sobrado, onde a quadrilha
estronda as tábuas do soalho, mal sabendo
que outro tempo chegou para levar
na dança o que é sobrado e contradança.

OS TIOS E OS PRIMOS

Tios chegam de Joanésia,
trazem primos crescidos e de colo,
três cargueiros pejados de canastras
e alforjes.
Apeiam, tropel-raio, em nossa casa,
batalhão invasor.

Pisam duro, de botas,
batem portas-trovão a toda hora,
soltam gargalhadas colossais
e comem comem comem aquele peito
de galinha que é meu de antiga lei.

Uma prima bonita? Que me importa.
Se rouba minha cama, é inimiga,
e humilhado vou dormir no chão.
Arrebatado meu lugar na mesa,
profanadas gavetas-santuário
de figurinhas, selos e segredos,
escorraçado no meu reino,
odeio os monstros da família.

Uma semana inteira eles passeiam
os pés em minha paz. Serão eternos?
Contrai-se a casa enorme: vira ovo
de gema irada e clara de ciúme.

Eis que um dia
arreiam-se cavalos. As canastras
descem as escadas com ribombo.
Os tios volumosos,
os primos estrondeantes se despedem
num triturar de abraços, prometendo
voltar ano que vem. Ah, uma bomba
espanhola, que eu sei pelo jornal,
um breve terremoto
afunde cavaleiros e cavalos
na descida da serra...
Meu Deus, peço o absurdo?
Mas poupe aquela prima
bonita (eu sinto agora)
que deixou no lençol a dobra do seu corpo.

Regresso à minha cama, perturbado.

A NOTÍCIA

Ambrósio Lopes, que fez Ambrósio Lopes?
Matou-se.
Pior é que não se matou com faca rápida,
mas com lenta lâmina indecisa.
Leva uma semana agonizando
em algum sobrado, longe.

A notícia chega em telegrama verde:
Ambrósio está nas últimas.
Vamos todos visitar sua mulher e filhos
que esperam na sala o telegrama definitivo.

Quando vem a morte? Virá hoje?
Até amanhã resiste Ambrósio Lopes?
Serve-se café com biscoitos.
Conversa-se.

A espera, toda espera, é eternidade.
Os assuntos viram polvilho mastigado,
resto de açúcar na xícara.

Chega afinal o mensageiro trágico.
Explode um grito, pranto em coro.
Abraçamo-nos todos, e derramo
também minhas lágrimas de visita.

Por entre o nevoeiro vejo a mulher de Ambrósio Lopes
marmorizar-se viúva, estátua
de véu-negrume para sempre.
Os filhos de Ambrósio Lopes adquirem num segundo
caras despedaçadas de órfãos.

Eu mesmo, orfandade e viuvez nas entranhas,
assumo completamente
o suicídio a faca de Ambrósio Lopes.

MULHER VESTIDA DE HOMEM

Dizem que à noite Márgara passeia
vestida de homem da cabeça aos pés.
Vai de terno preto, de chapéu de lebre
na cabeça enterrado, assume
o ser diverso que nela se esconde,
ser poderoso: compensa
a fragilidade de Márgara na cama.

Márgara vai em busca de quê? de quem?
De ninguém, de nada, senão de si mesma,
farta de ser mulher. A roupa veste-lhe
outra existência por algumas horas.
Em seu terno preto, foge das lâmpadas
denunciadoras; foge das persianas
abertas; a tudo foge
Márgara homem só quando noite.

Calças compridas, cigarro aceso
(Márgara fuma, vestida de homem)
corta, procissão sozinha, as ruas
que jamais viram mulher assim.
Nem eu a vejo, que estou dormindo.
Sei, que me contam. Não a viu ninguém?
Mas é voz pública: chapéu desabado,
casimira negra, negras botinas,
talvez bengala,
talvez? revólver.

Esta noite – já decidi – levanto,
saio solerte, surpreendo Márgara,
olho bem para ela
e não exclamo, reprovando
a clandestina veste inconcebível.
Sou seu amigo, sem desejo,
amigo-amigo puro,
desses de compreender sem perguntar.

Não precisa contar-me o que não conte
a seu marido nem a seu amante.
A (o) esquiva Márgara sorri
e de mãos dadas vamos
menino-homem, mulher-homem,
de noite pelas ruas passeando
o desgosto do mundo malformado.

DODONA GUERRA

Dodona
Guerra.
Guerra
a Dodona.
Pedra
na telha
pedra
na cara
pedra
na alma.
Dodona
louca,
loucos
moleques
contra
Dodona.
Dodona
eterna
fera
enjaulada
uiva
às pedradas,
amaldiçoa
cada moleque
cada família
pedradamente.

REJEIÇÃO

Não sei o que tem meu primo
que não me olha de frente.
Se passo por sua porta,
é como se não me visse:
parece que está na Espanha
e eu, velhamente, em Minas.
Até me virando a cara,
a cara é de zombaria.
Se ele pensa que é mais forte
e que pode me bater,
diga logo, vamos ver
o que a tapa se resolve.
A gente briga no beco,
longe dos pais e dos tios,
mas briga de decidir
essa implicância calada.
Qual dos dois, mais importante:
o ramo dele, o meu ramo?
O pai mais rico, quem tem?
Qual o mais inteligente,
eu ou ele, lá na escola?
Namorada mais jeitosa,
é a minha ou é a dele?
Tudo isso liquidaremos
a pescoção, calçapé,
um dia desses, na certa.

Sem motivo, sem aviso,
meu primo declara guerra,
essa guerrinha escondida,
de mim, mais ninguém, sabida.
Pode pois uma família
ser assim tão complicada
que nós dois nos detestamos
por sermos do mesmo sangue?
Nossas paredes internas
são forradas de aversão?
Será que o que eu penso dele
ele é que pensa de mim
e me olha atravessado
porque vê na minha cara
o vinco de zombaria
e um sentimento de força,
vontade de bater nele?
Meu Deus, serei o meu primo,
e a mesma coisa sentimos
como se a sentisse o outro?

SANTO PARTICULAR

Dom Viçoso é o santo da família.
Humilde-forte, quem pode com ele
no céu mineiro,
áureo de legendas?
Não é canonizado? Tanto faz.
E é santo à mão: nosso quase vizinho
de Mariana.

Santinhos, bentinhos encarnados
não multiplicam sua imagem.
Nem verônica nem dia de folhinha
fazem propaganda deste santo.
Mas ele é santo – Papai, que sabe, afirma.

Dom Viçoso, na alpestre
Cartuxa da Mariana,
fica entre a gente e o Paraíso,
ajeitando os negócios de Papai.

IMPORTÂNCIA DA ESCOVA

Gente grande não sai à rua,
menino não sai à rua
sem escovar bem a roupa.
Ninguém fora se escandalize
descobrindo farrapo vil
em nossa calça ou paletó.

Questão de honra, de brasão.
Ninguém sussurre:
A família está decadente?
A escova perdeu os pelos?
A fortuna do Coronel
não dá pra comprar escova?

Toda invisível poeirinha
ameaça-nos a reputação.
Por isso a mãe, sábia, serena,
sabendo que sempre esqueço
ou mesmo escondo, impaciente,
esse objeto sem fascínio,
me inspeciona, me declara
mal preparado para o encontro
com o olho crítico da cidade.
E firme, religiosamente,
vai-me passando, repassando
nos ombros, nas costas, no peito, nas pernas,
na alma talvez (bem que precisava)
a escova purificadora.

O EXCOMUNGADO

Minha mãe que é tão fraca, ela sabe porém
o poder que a palavra imprevista contém.

Hoje me excomungou porque fiz um malfeito.
Não vou crescer feliz, agora não tem jeito.

Excomungado estou por decreto materno.
Pior que amaldiçoado – escrevo no caderno.

Já não sei que fazer, busco dentro de mim.
Desmereço de todo o prato de pudim.

Sinto que me atolei na mais negra peçonha.
Passei a ser um réu coberto de vergonha.

Mas no triste do quarto acende-se um luzeiro.
Copio e botarei sob o seu travesseiro

o já tradicional pedido de perdão:
"Minha mãe, me arrependo. Eu não faço mais não."

ROMANCE DE PRIMAS E PRIMOS

A prima nasce para o primo.
O casamento foi marcado
no ato mesmo da concepção.
Entre os primos, é eleito o primo
que melhor convém ao tratado.
Sem exclusão dos demais primos
perfilados todos à espera
de chamado se a vida muda.

Assim nascem todas as primas,
destinadas a matrimônio
do outro lado da mesma rua.
Os sobradões se comunicam
em passarela de interesses
da vasta empresa da família
que abrange bois, terras, apólices,
paióis de milho e tradição.

Serão multíparas as primas
a primos árdegos unidas.
À noite, no maior recato,
apagado o lampião, arquejos
e repugnâncias abafadas
contribuirão para a grandeza
do eterno tronco familial,
bem mais precioso que as pessoas.

De filhos, netos e bisnetos
o futuro já foi traçado
em firmes letras de escritura:
O país serrano pertença
a primos, primas e mais primos
encomendados com sapiência
pelo conselho soberano
de tios primos entre si.

Para lá dos cerros, a Terra
há de curvar-se ao poderio
deste grupo à sombra de Deus
– o deus especial das terras
dos rebanhos e dos princípios
particulares que dominam
a fortaleza atijolada
em mescla de sangue e dinheiro.

Mas um dia as primas se enervam
de nascer assim programadas
para um fim geral sem prazer.
Já os primos se desencantam
desta sorte a que estão jungidos.
E uma estampa de herói de filme,
outra estampa de estrela nórdica
acicatam insônias púberes.

Eis que aportam rapazes louros,
de um louro claro que deslustra
o banal moreno dos primos.
Vêm a negócios, mas reparam
numas primas ajaneladas
dispostas a romper a lei

da missão sem gosto e sem graça
de funcionárias da família.

Por sua vez os primos ardem
de voraz, incontido ardor
pela equilibrista do circo
e suas nervosas, elásticas
pernas que jamais uma prima
lhes mostrara, se é que possuíra
joias tais sob as circunspectas
multissaias e plurianáguas.

Outro assunto, meses a fio,
não conhece o burgo serrano
senão este, de estarrecer:
Entre as primas, a mais prendada
fugiu com o mais louro moço
entre os ádvenas moços louros
e seu primo compromissado
lá se foi, saltimbanco errático.

A partir de então – adivinha-se –
desimpedidos os primos
de escolher par a seu gosto,
cada qual atira seus olhos
no rumo sem fim da aventura,
e de seculares raízes,
riquezas, títulos e taras,
nada resta – e ri-se o Diabo.

O VIAJANTE PEDESTRE

O fazendeiro está cansado.
É cansaço de gerações.
Já não passeia a vista satisfeita
pelo universo de cinco fazendas.
Vende as menores. Doa aos filhos
as duas grandes.

O fazendeiro descansa
de um trabalho que vem de antes
de ter nascido. Vem de índios
e mineradores.
Cumpriu sua lei. Agora os filhos
cumpram a deles.
Mas um não sabe a cor da terra,
nunca aprendeu, nem saberá
a rude física das estações;
o jeito de um boi; a sagração do milho.
Que fará na roça esse herdeiro triste
de um poder antigo?

Desiste. Vai
viver o destino urbano
de qualquer homem.
A mala pronta. A "condução" espera
à porta da casa.

Não, não espera.
Não há "condução".
Sumiu o cavalo
no oco do pasto.
Sumiu a viagem
na estrada de barro.
Sumiu a esperança
de chegar a tempo
ao destino urbano.
Só o "camarada"
esperando ordens.

— A gente vai mesmo de-a pé. Eu na frente, como viajante e senhor. Você atrás, com a mala nas costas. Até eu pegar o trem no fim das oito léguas. Combinado?

Combinado. Que remédio?
O filho do fazendeiro
senhor de cinco fazendas
lá vai, pé de lama afora.
Sobe morro desce morro
passa ponte passa pinguela
passa tropa de cincerro
passa vento passa chuva
passa outros viajantes
imperialmente montados
em prateados corcéis
de crinas mais que argentinas.
Lá vai, degradado, a pé.
E vai com tanta sustância
tal empuxo de chegar
que não percebe, não sente
como os olhos espantados

que cruzam no seu caminho
julgam seu pedestre afã.
(A distância que separa
o empafioso ginete
de um mísero duas-patas!)

— Meu pai, cheguei a salvo e muito de mim contente pela prova de resistência que venci com a graça de Deus e a fibra que o senhor me transmitiu. Que tal?

— Que tal? E ainda tem topete
de perguntar que gostei?
Pode haver maior afronta
para antigo fazendeiro
dono de cinco estirões
de chão coberto de mulas
e cavalos valorosos
que ver seu filho varando
pior que descalço, a pé,
roteiros onde retine
a orgulhosa memória
de seus animais de estima?
Ele que sempre emprestou
montarias de alto porte
a quem delas precisasse?
Por que tanta impaciência?
O pasto, por mais imenso,
não é terra do sem-fim.
Todo cavalo sumido
aparece logo mais.
A vida ensina a esperar
uma hora, duas horas,
até mesmo o dia inteiro.

Já nem sei onde é que estou
que não sumo de mim mesmo,
de tão dorida vergonha
por meu filho desmontado
e por cima se gabando
da condição rebaixada!
Meu pai, meu avô, meu bisa-
vô de nobres equipagens
lá no céu dos fazendeiros
estão despedindo raios
de irada condenação
sobre esse tonto rebento
que nem noção de decoro
conserva em sua tonteza...
Com você, filho, começa
a desabar a família.

PROCURAR O QUÊ

O que a gente procura muito e sempre não é isto nem aquilo. É outra coisa.

Se me perguntam que coisa é essa, não respondo, porque não é da conta de ninguém o que estou procurando.

Mesmo que quisesse responder, eu não podia. Não sei o que procuro. Deve ser por isso mesmo que procuro.

Me chamam de bobo porque vivo olhando aqui e ali, nos ninhos, nos caramujos, nas panelas, nas folhas de bananeira, nas gretas do muro, nos espaços vazios.

Até agora não encontrei nada. Ou encontrei coisas que não eram a coisa procurada sem saber, e desejada.

Meu irmão diz que não tenho mesmo jeito, porque não sinto o prazer dos outros na água do açude, na comida, na manja, e procuro inventar um prazer que ninguém sentiu ainda.

Ele tem experiência de mato e de cidade, sabe explorar os mundos, as horas. Eu tropeço no possível, e não desisto de fazer a descoberta do que tem dentro da casca do impossível.

Um dia descubro. Vai ser fácil, existente, de pegar na mão e sentir. Não sei o que é. Não imagino forma, cor, tamanho. Nesse dia vou rir de todos.

Ou não. A coisa que me espera, não poderei mostrar a ninguém. Há de ser invisível para todo mundo, menos para mim, que de tanto procurar fiquei com merecimento de achar e direito de esconder.

SOLILÓQUIO DO CALADINHO

Eu não sei o que diga
se me falam na rua.
Não estou preparado
para conversa-no-ar.

Não sei fazer visita
e dizer as amenas
frases que toda gente
traz no bolso da calça.

A mentira é difícil
e não por ser mentira:
porque exige da gente
a arte de inventar.

A alegria é difícil
de se manifestar,
não por ser alegria.
Porque é forte demais.

O sofrimento é fácil
de se exibir na face.
Tudo dói, tudo queima
sem fósforo aparente.

Os parentes me falam
uma língua só deles.
Eu entendo a linguagem
das pedras sem família.

Tudo é mais complicado
se se tenta explicar
Um gato me fitou,
percebi tudo: nada.

COLEÇÃO DE CACOS

Já não coleciono selos. O mundo me inquizila.
Tem países demais, geografias demais.
Desisto.
Nunca chegaria a ter álbum igual ao do Dr. Grisolia,
orgulho da cidade.
E toda gente coleciona
os mesmos pedacinhos de papel.
Agora coleciono cacos de louça
quebrada há muito tempo.

Cacos novos não servem.
Brancos também não.
Têm de ser coloridos e vetustos,
desenterrados – faço questão – da horta.
Guardo uma fortuna em rosinhas estilhaçadas,
restos de flores não conhecidas.
Tão pouco: só o roxo não delineado,
o carmesim absoluto,
o verde não sabendo
a que xícara serviu.
Mas eu refaço a flor por sua cor,
e é só minha tal flor, se a cor é minha
no caco da tigela.

O caco vem da terra como fruto
a me aguardar, segredo

que morta cozinheira ali depôs
para que um dia eu o desvendasse.
Lavrar, lavrar com mãos impacientes
um ouro desprezado
por todos da família. Bichos pequeninos
fogem de revolvido lar subterrâneo.
Vidros agressivos
ferem os dedos, preço
de descobrimento:
a coleção e seu sinal de sangue;
a coleção e seu risco de tétano;
a coleção que nenhum outro imita.
Escondo-a de José, por que não ria
nem jogue fora esse museu de sonho.

DOIS RUMOS

Mentir, eis o problema:
minto de vez em quando
ou sempre, por sistema?

Se mentir todo dia,
erguerei um castelo
em alta serrania

contra toda escalada,
e mais ninguém no mundo
me atira seta ervada?

Livre estarei, e dentro
de mim outra verdade
rebrilhará no centro?

Ou mentirei apenas
no varejo da vida,
sem alívio de penas,

sem suporte e armadura
ante o império dos grandes,
frágil, frágil criatura?

Pensarei ainda nisto.
Por enquanto não sei
se me exponho ou resisto,

se componho um casulo
e nele me agasalho,
tornando o resto nulo,

ou adiro à suposta
verdade contingente
que, de verdade, mente.

CONTO DE REIS

Anabela Drummond foi rainha de Escócia
avó
de soberanos que reinaram por centúrias
em Scótia e Britânia,
minha avozíssima também, como esquecer?
Não consigo entender por que o juiz de direito
o agente executivo, o coletor,
o vigário e demais pessoas gradas
não vêm aqui em casa render vassalagem
aos netos exilados de Anabela.

REPOUSO NO TEMPLO

Não se enterram a céu aberto.
O cemitério não lhes convém.
Ficam sob o chão da sacristia da Matriz
ou, distinção especial, ao pé dos altares da capela-mor.
Aí estão mais perto de Deus,
e, mesmo não se rezando especialmente por eles,
a reza geral penetra o mármore e a madeira,
embalsama-lhes os ossos dissolvidos,
o pó restante, ou nem isso: o lugar
apenas, debaixo do nome.

São privilegiados diante do Senhor.
Não é qualquer família que o consegue.
As luzes, o incenso, a melopeia gregoriana
confortam lá embaixo uma ausência importante de corpo.

O FILHO

De quem, de quem o filho
de Sofia?

Do relojoeiro?
Do dentista?
Do primo Augusto?
Do promotor?
Do telegrafista?
Do cabo-comandante
do destacamento?
De um dos praças?
Do padre apóstata?

Quem é o pai, quem é o pai
noturnamente encapuzado
(sequer tem rosto)
do filho anônimo de Sofia?

Nenhum deles visto rondando
de Sofia o muro solteiro,
nenhum abrindo de madrugada
a cancela rouca de Sofia.
O pai quem é?

Sofia semilouca de raça ilustre
vai contar quem dormiu

em seu quarto seco de solteirona
e secamente lhe fez o filho?
Vai inventar talvez um pai
que jamais a tenha tocado?

Já se apavoram os homens bons
com a denúncia?
Ninguém confessa ter conhecido
Sofia em fogo ou violentada,
Sofia pura,
Sofia aberta
ao prazer esperado amargamente?

Ou dormiram todos com Sofia
(o que é mesmo que não dormir),
ninguém tem culpa,
ninguém é o pai?

Pai do menino é a cidade?
A loucura é pai do menino?
O menino nasceu do absurdo
propósito de nascer-se, escolheu
o ventre de Sofia como se escolhesse
vaso sem semente, apenas terra?

Sofia não responde. Ri baixinho,
acaricia o pinto do menino.

A NOVA PRIMAVERA

As tias viúvas vestem pesadas armaduras
de morte e gorgorão. Desde o pescoço
à inviolada ponta dos borzeguins, elas proclamam
rompimento com o século. E nada mais existe
senão a noite dos maridos estampada
em cada gesto da soberba solidão.

Assim as queremos para sempre novamente
virgens, reintegradas na pureza original.
Ai de quem boqueje: As tias são mulheres
sujeitas à lei terrestre do desejo,
e em noites brancas lutam corpo a corpo com duendes.

Uma tia, porém, olvida o mandamento
e casa-se outra vez. O raio na família.
Ela é toda jardim, é pura amendoeira
na alegre doação de outra virgindade.

A família decide: essa tia morreu.

AQUELE RAIO

Aquele raio
não era para cair no túmulo orgulhoso
do grão senhor de terras e da tribo.
Devia ser talvez endereçado
à campa de algum pobre pecador
sem glória de família.
Escolher logo esta, romper-lhe a inscrição
de prantos esculpidos com tamanho capricho,
e criar, irrisão, essa frase confusa
em que fama e fazenda já não brilham, estelares,
é castigo, talvez de culpas não sabidas,
sepultadas mais que os ossos venerandos.
Sepultadas lá onde o sangue se forma,
onde a prima semente esboçou um caráter,
uma forma de rosto, um vinco de soberba
que rói esta linhagem e agora se dissolve
em rachaduras cruéis de pedra esborcinada.

O MENINO E OS GRANDES

ETIQUETA

Carlos   Correia
Carlos   Conceição

Carlos   Laje
Carlos   Alvarenga

Carlos   Freitas
Carlos   Ataíde

Carlos   Henriques
Carlos   Silveira

Carlos   Carvalho
Carlos   Meneses

Carlos   Godói
Carlos   Guimarães

Carlos   Teixeira
Carlos   Moreira

Carlos   Paula
Carlos   Monteiro

Carlos   Chassim
Carlos   Drummond

Carlos   Andrade
Carlos   apenas

Carlos   demais

BRASÃO

Duas serpentes enlaçadas
no timbre espanhol de Andrade
em vermelho e ouro decretam
a guerra dentro de teu corpo
sem vitória de qualquer lado.
Ao ataque de duas línguas
bífidas, todo te contrais
e na dupla, ardente picada,
a alegria te invade ao veres
sobre a pele de teu destino
que uma pulseira inquebrantável
surge do abraço viperino.

SIGNO

Fugias do escorpião
lá no quarto-de-guardados
como quem foge do Cão
sem perceber que o trazias
desde o primeiro vagido
oculto em teu coração,
e por onde quer que fosses,
julgando que te guiavas,
era dele a direção,
e tudo que amas, iluso
de uma ilusória opção,
é ele que te sugere,
te comanda, sorrateiro,
com seu veneno e ferrão,
de tal sorte que, mordido,
e mordente, na aflição,
de nada valeu, confessa,
fugires de escorpião.

DIDÁTICA

Cafas-leão é terrível. Come um boi
no almoço, uma boiada no jantar.
Seu arroto fulmina; sua bota
esmaga distraídos no caminho.
          Ai de quem
bole com ele e quem não bole.
Cafas, o mais-que-tudo, o gigantão...
Meu pai conta-lhe os feitos e estremeço
          e rio.
Meu pai me ensina o medo e a rir do medo.

TABULEIRO

Passa o tabuleiro de quitanda:
é pão de queijo é rosca é brevidade
é broa de fubá é bolo de feijão
é tudo que é gostoso e eu vou comprar
eu vou comer o dia inteiro a vida inteira
o sortimento deste tabuleiro.

Vem chegando perto. Alva toalha
cobre essas coisas todas que apetecem,
renda e bordado sobre a minha gula.
E como cheira a forno quente a branda
variedade de quitanda oculta!
Corro, suspendo o véu. Horror. Que dor.

Que vejo? Nada vejo. Fico
a olhar para o vazio descoberto.
Já sei. Antes de mim, Nhonhô Bilico
arrematou as amplas coleções
e vai comer o dia inteiro, a vida inteira
o sortimento deste tabuleiro.

TORTURA

Carretel não entra
em rabo de gato?
Não importa: este
há de entrar, exato.

Que anel mais estranho,
ornato insensato,
se tinge de sangue
no rabo do gato.

Unha, presa, fúria,
felino aparato,
nada pode contra
a mão e seu ato.

Foge o bicho, tonto?
Carretel, no mato,
nunca mais que sai
de rabo de gato.

Não, não foge: esconde-se
na cova do rato.
Outra mão, piedosa,
cure, salve o gato,
que esta sabe apenas
torturar exato.

INIMIGO

Vou brigar contigo.
Vou apanhar e vou sangrar
mas vou brigar.
Tenho de lutar contigo, tenho
de gritar bem alto nomes feios
que sobem à garganta.
Eles crescerão no ar da rua,
subirão às sacadas dos sobrados
e todos ouvirão.
Fui eu quem disse. O magricela. O triste.

Tenho de brigar,
rolar no chão contigo, intimamente
abraçados na raiva. Tenho de
a pontapé ferir o teu escroto.
Pouco importa me batas pelo dobro.
Pouco importa me arrases. Meu irmão
não chamo a socorrer-me. Quero ser
o perdedor que ganha de seu medo.

QUEDA

Cair de cavalo manso:
coisa que só acontece
uma vez em cada século.

Por que, no século 20,
logo a este acontecer?
    naquela rua?

Que sombração no dia claro
espaventa esse cavalo?
Que diabo invisível faz cócega
em suas ventas no vento?

Ferraduras faíscam forjas
no galope desenfreado
e pelas portas das vendas
corre um oh de susto gozado.

De repente estaca o baio
em frente à casa costumeira,
atirando à calçada vil
o bagaço de cavaleiro.

Num relâmpago
Hermengarda, de heril semblante,
assoma ao rendilhado balcão

e contempla
– mau uso de belos olhos –
minha total humilhação.

TERRORES

Na rua do Matadouro
e no Beco do Calvário
a nuvem de mau agouro
e o clarão extraordinário
vão gritando o fim do mundo
mal a vida começara
e o corpo, esse trem imundo
que em pecado se atolara,
não tem tempo de lavar-se
para o Dia do Juízo
nem de vestir o disfarce
que cause dó sob riso.
Nas lajes de ferro e medo
os pés correm desvairados
sentindo chegar tão cedo
a morte em seus véus queimados.
Fuge, fuge, itabirano,
que embora o raio te pegue
na porta de Emerenciano,
o Diabo não te carregue
antes que vejas teu pai
e lhe passes num olhar
o que da boca não sai
mas se conta sem falar.
     A procissão corta
o passo.

São vultos encapuzados
são fantasmas alinhados
pesadelos esticados
fantoches tochas fachos
almas uivando
todos os antepassados
sem missa
presos
da cadeia em ruínas
soltos em bando
o assassino do Carmo
e sua faca-relâmpago
enorme, sobre a igreja,
os anjinhos que vão sendo carregados
tão depressa que é um apostar corrida
de caixões brancos no escuro
da Rua do Matadouro
rumo ao Beco do Calvário
onde te espera o carrasco
e o Capeta com seu casco
de fogo ao pé do carrasco.

FRUTA-FURTO

Atrás do grupo escolar ficam as jabuticabeiras.
Estudar, a gente estuda. Mas depois,
ei pessoal: furtar jabuticaba.

Jabuticaba chupa-se no pé.
O furto exaure-se no ato de furtar.
Consciência mais leve do que asa
ao descer,
volto de mãos vazias para casa.

O DIABO NA ESCADA

Chego tarde, o lampião de querosene está de pavio apagado.
Subir direto à cozinha e embalar no colo da preta velha a consciên-
                                                    [cia pesada.
Travando o caminho em breu, a coisa imóvel na escada.
É ela! pressinto. Veio esperar-me no degrau do meio, cúmplice e
                                                    [camarada.
Acaricio-lhe o pescoço, que tilinta de medalhas bentas, e o som
                                      [familiar soa diverso, abafado.
Sá Maria! chamo baixinho, como no escuro se chama. Dá um jeito
                                          [deu não ser castigado.
Não secunda. Apalpo as carnes murchas, doces, de uma doçura
                                                  [cansada.
Se está ali por minha causa, por que não me liga nem nada?
Sacudo, sacudo em vão. Uma notícia me corta, de muito longe
                                                     [soprada.
É o Diabo postado em pé no negrume da escada.
Ele, nenhum outro sabe tão bem se disfarçar para ferir a alma
                                                  [enganada.
Subo correndo os degraus que sobem em mim que me precipito na
                                [copa: água! água! secura desesperada.
A talha fria me acode, já posso ir à cozinha, onde, imperialmente
                                                    [sentada,
Sá Maria cachimbando desde a eternidade me espera. — Que Diabo
                        [mais parecido contigo acabei de encontrar na escada!
Ela cospe no borralho – Cruz, credo – e na fumaça do cachimbo a
                                          [do Diabo vai sumindo.

O CAVALEIRO

À meia-noite, como de costume,
passa o Cavaleiro
todo de ferro e horror. Passa ou não passa?
Duvido. (E tenho medo.)
Hoje não durmo. Hei de escutar
o som das ferraduras na gelada
Rua Municipal,
o estalar do chicote na garupa
do cavalo-fantasma.
Escuto, protegido
em cobertor de casa-fortaleza
de família importante. Passa, passa,
anda, passa, Cavaleiro, estás com medo
do medo meu, quem sabe, da garrucha
do Coronel?

O Cavaleiro anda atrasado.
Vai esperar o sono me vencer
para aparecer dentro do sono?
Chego à janela. A branca
escuridão (o frio é branco)
não filtra nem um grilo de ruído.
Massa de cidade e serra: breu silente.
Boca seca, trêmulo,
não vejo o Cavaleiro, estou ouvindo
em mim o Cavaleiro, em mim é que ele passa,

sempre passou e passa sempre e não acaba
de passar. É isso. Vou dormir.
Dou descanso ao cavalo e ao Cavaleiro.

COMETA

Olho o cometa
com deslumbrado horror de sua cauda
que vai bater na Terra e o mundo explode.
Não estou preparado. Quem está,
para morrer? O céu é dia,
um dia mais bonito do que o dia.
O sentimento crava unhas
em mim: não tive tempo
nem mesmo de pecar, ou pequei bem?
Como irei para Deus sem boas obras,
e que são boas obras? O cometa
chicoteia de luz a minha vida
e tudo que não fiz brilha em diadema
e tudo é lindo.
Ninguém chora
nem grita.
A luz total
de nossas mortes faz um espetáculo.

O SOM ESTRANHO

O gramofone Biju, com 10 discos artísticos
em que não posso tocar
é música/palavra para espanto global.

Pedras falam, eu sei; converso imagens
de barro e de madeira;
troco sinais com árvores; bichos
trazem para mim notícias do mato-fundo.
É tudo fala, na voz certa
de cada coisa, lugar e vez. Mas quem já viu
máquina falar? e assim tão alto e nervoso?

Gigante flor sonora, invenção
do Diabo, talvez; mas o Diabo
tem outras falas, noturnas, ciciadas, que eu distingo.

Não te decifro, gramofone,
proibido à ciência de minhas mãos.
Este mundo (pressinto)
vai se tornar terrivelmente complicado.

DESCOBERTA

Cadete grava para a Casa Édison, Rio de Janeiro.
O reizinho de Portugal retira-se para a Inglaterra.
O cometa já não viaja para Oliveira Vale & Cia.,
agora ocupa o céu inteiro na noite de 19 de março.
O Ministro da Guerra vira Presidente,
vasos de guerra bombardeiam a Capital,
marinheiros degolam almirantes,
o mundo vai acabar
mas eu sigo a pé para a aula de Mestre Zeca e descubro a letra A,
                                       [rainha das letras.

PRIMEIRO CONTO

O menino ambicioso
não de poder ou glória
mas de soltar a coisa
oculta no seu peito
escreve no caderno
e vagamente conta
à maneira de sonho
sem sentido nem forma
aquilo que não sabe.

Ficou na folha a mancha
do tinteiro entornado,
mas tão esmaecida
que nem mancha o papel.
Quem decifra por baixo
a letra do menino,
agora que o homem sabe
dizer o que não mais
se oculta no seu peito?

PRIMEIRO JORNAL

Amarílio redige e ilustra com capricho
o jornal manuscrito: é conto, é poema, é cor,
que ele tira de onde? Incessante criador,
de si mesmo é que extrai esse mundo de coisas.
Nutro por Amarílio invejoso respeito.
Por mais que me coloque em transe literário
e force a mão e atice a chama de meu peito,
não consigo imitá-lo. Em lugar de escritor,
na confusão da ideia e do vocabulário,
sou apenas constante e humilhado leitor.

INICIAÇÃO LITERÁRIA

Leituras! Leituras!
Como quem diz: Navios... Sair pelo mundo
voando na capa vermelha de Júlio Verne.

Mas por que me deram para livro escolar
a *Cultura dos Campos* de Assis Brasil?
O mundo é só fosfatos – lotes de 25 hectares
– soja – fumo – alfafa – batata-doce – mandioca –
pastos de cria – pastos de engorda.

Se algum dia eu for rei, baixarei um decreto
condenando este Assis a ler a sua obra.

FIM

Por que dar fim a histórias?
Quando Robinson Crusoé deixou a ilha,
que tristeza para o leitor do *Tico-Tico*.

Era sublime viver para sempre com ele e com Sexta-Feira,
na exemplar, na florida solidão,
sem nenhum dos dois saber que eu estava aqui.

Largaram-me entre marinheiros-colonos,
sozinho na ilha povoada,
mais sozinho que Robinson, com lágrimas
desbotando a cor das gravuras do *Tico-Tico*.

ASSINANTES

Somos os leitores do *Tico-Tico*.
Somos importantes, eu e Luís Camilo.
Cada um em sua rua.
Cada um com sua revista.
O que um sabe, o outro sabe.
Ninguém sabe mais do que sabemos.
É nossa propriedade Zé Macaco.
Jagunço vai latindo a nosso lado
e Kaximbown nos leva
convidados especiais ao Polo Norte.
Nossa importância dura até dezembro.
Temos assinaturas anuais.

REPETIÇÃO

Volto a subir a Rua de Santana.
De novo peço a Ninita Castilho
a *Careta* com versos de Bilac.
É toda musgo a tarde itabirana.

Passando pela Ponte, Luís Camilo
(o velho) vejo em seu laboratório-
-oficina, de mágico sardônico.
Na Penha, o ribeirão fala tranquilo

que Joana lava roupa desde o Império
e não se alforriou desse regime
por mais que o anil alveje a nossa vida.

Ô de casa!... Que casa! Que menino?
Quando foi, se é que foi – era submersa
que me torna, de velho, pequenino?

BIBLIOTECA VERDE

Papai, me compra a Biblioteca Internacional de Obras Célebres.
São só 24 volumes encadernados
em percalina verde.
Meu filho, é livro demais para uma criança.
Compra assim mesmo, pai, eu cresço logo.
Quando crescer eu compro. Agora não.
Papai, me compra agora. É em percalina verde,
só 24 volumes. Compra, compra, compra.
Fica quieto, menino, eu vou comprar.

Rio de Janeiro? Aqui é o Coronel.
Me mande urgente sua Biblioteca
bem acondicionada, não quero defeito.
Se vier com arranhão recuso, já sabe:
quero devolução de meu dinheiro.
Está bem, Coronel, ordens são ordens.
Segue a Biblioteca pelo trem de ferro,
fino caixote de alumínio e pinho.
Termina o ramal, o burro de carga
vai levando tamanho universo.

Chega cheirando a papel novo, mata
de pinheiros toda verde. Sou
o mais rico menino destas redondezas.
(Orgulho, não; inveja de mim mesmo.)
Ninguém mais aqui possui a coleção

das Obras Célebres. Tenho de ler tudo.
Antes de ler, que bom passar a mão
no som da percalina, esse cristal
de fluida transparência: verde, verde.
Amanhã começo a ler. Agora não.

Agora quero ver figuras. Todas.
Templo de Tebas. Osíris, Medusa,
Apolo nu, Vênus nua... Nossa
Senhora, tem disso nos livros?
Depressa, as letras. Careço ler tudo.
A mãe se queixa: Não dorme este menino.
O irmão reclama: Apaga a luz, cretino!
Espermacete cai na cama, queima
a perna, o sono. Olha que eu tomo e rasgo
essa Biblioteca antes que pegue fogo
na casa. Vai dormir, menino, antes que eu perca
a paciência e te dê uma sova. Dorme,
filhinho meu, tão doido, tão fraquinho.

Mas leio, leio. Em filosofias
tropeço e caio, cavalgo de novo
meu verde livro, em cavalarias
me perco, medievo; em contos, poemas
me vejo viver. Como te devoro,
verde pastagem. Ou antes carruagem
de fugir de mim e me trazer de volta
à casa a qualquer hora num fechar
de páginas?

Tudo que sei é ela que me ensina.
O que saberei, o que não saberei
nunca,
está na Biblioteca em verde murmúrio
de flauta-percalina eternamente.

PRAZER FILATÉLICO

Colecione selos e viaje neles
por Luxemburgos, Índias, Quênia-Ugandas.
Com Pedr'Álvares Cabral e Wandenkolk,
aprenda História do Brasil. Colecione.
Mas sem dinheiro?
Devaste os envelopes da família.
Remexa nas gavetas. Há barbosas
efígies imperiais à sua espera.
Mortiças cartas guardam peças raras.
Tudo vasculhe. Um dia
arregalado à sua frente há de luzir
em arabescado fundo negro
o diamante, o sonho, a maravilha
chamada olho de boi
60.

Troque. Vá trocando. Passe a perna,
se possível. Senão, seja enganado
mas acrescente sua coleção
de postas magiares, moçambiques,
osterreiches, japões, e seu prestígio
há de aumentar: o baita
colecionador da rua principal.
E brigue, boca e braço,
ao lhe negarem esta condição.

Até que chegue o tédio de possuir,
a tentação do fósforo e do vento,
o gosto de perder a coleção
para outra vez, daqui a um mês,
recomeçar, humílimo, menor
colecionador da rua principal.

AUSÊNCIA

Subir ao Pico do Amor
e lá em cima
sentir presença de amor.

No Pico do Amor amor não está.
Reina serenidade de nuvens
sussurrando ao coração: Que importa?

Lá embaixo, talvez, amor está,
em lagoa decerto, em grota funda.
Ou? mais encoberto ainda, onde se refugiam
coisas que não são, e tremem de vir a ser.

PASSEIAM AS BELAS

Passeiam as belas, à tarde, na Avenida
que não é avenida, é longo caminho branco
onde os vestidos cor-de-rosa vão deixando,
não, não deixam sombra alguma, em mim é que eles deixam.

Passeiam, à tarde, as belas na Avenida.
São tão belas como as vejo, ou mais ainda?
Só de passar, só de lembrar que passam, a beleza
nelas se crava eternamente, adaga de ouro.

Passeiam na Avenida, à tarde, as belas,
as sempre belas no futuro mais remoto.
Pisam com sola fina e saltos altos
de seus sapatos de cetim o tempo e o sonho.

À tarde, na Avenida, passeiam as belas,
seios cuidadosamente ocultos mas arfantes,
pernas recatadas, mas sabe Deus as linhas perturbadoras
que criam ritmos, e o caminho branco é todo ritmo.

Na Avenida, passeiam as belas, à tarde,
no alto da cidade que entre árvores se apresta
para o sono das oito da noite e não sabe que as belas
deixam insone, a noite inteira, uma criança deslumbrada.

CERTAS PALAVRAS

Certas palavras não podem ser ditas
em qualquer lugar e hora qualquer.
Estritamente reservadas
para companheiros de confiança,
devem ser sacralmente pronunciadas
em tom muito especial
lá onde a polícia dos adultos
não adivinha nem alcança.

Entretanto são palavras simples:
definem
partes do corpo, movimentos, atos
do viver que só os grandes se permitem
e a nós é defendido por sentença
dos séculos.

E tudo é proibido. Então, falamos.

INDAGAÇÃO

Como é o corpo?
Como é o corpo da mulher?
Onde começa: aqui no chão
ou na cabeleira, e vem descendo?
Como é a perna subindo, e vai subindo
até onde?
Vê-la num corisco é uma dor
no peito, a terra treme.
Diz-que na mulher tem partes lindas
e nunca se revelam. Maciezas
redondas. Como fazem
nuas, na bacia, se lavando,
para não se verem nuas nuas nuas?
Por que dentro do vestido muitos outros
vestidos e brancuras e engomados,
até onde? Quando é que já sem roupa
é ela mesma, só mulher?
E como que faz
quando que faz
se é que faz
o que fazemos todos porcamente?

AS PERNAS

Bato palmas. Na esperança
de ver as pernas no alto
da escada
as pernas sempre defesas
as sempre sonhadas pernas
as pernas, aparição
no sombrio alto da escada.

Torno a bater. Pá pá pá.
As mãos estalam, desejo
e turva oração: Meu Deus,
as pernas por que me dano!

Ressoam pela cidade
as palmas no corredor.
Nos quatro cantos já sabem
de minha ardência.
Já me condenam, me prendem
e nunca verei as pernas
sublimes no alto da escada.

Mas bato. Bato rebato.
Latindo mais do que as palmas
o cão no degrau primeiro
destroça minha ambição.
Volto amanhã. Bato tanto

que o velho atende. Resmunga
pigarro surdo confuso.
Torno a voltar. A bater.
O longo vestido longo
da velhíssima senhora
frufrulha no alto da escada.

Pá pá pá em quantos dias
de tantas doidas esperas.
Um dia
as palmas farão surgir
no celeste alto da escada
as pernas totais, as pernas
que a mente no descompasso
do coração nem ousara
tão lunas imaginar.

Um dia, mas quando? As palmas
batebatendo se esgarçam
em Minas.

LE VOYEUR

No úmido porão, terra batida,
lar de escorpiões,
procura-se a greta entre as tábuas
do soalho
por onde se surpreenda a florescência
do corpo das mulheres
na sombra de vestidos refolhados
que cobrem até os pés
a escultura cifrada.

Entro rastejante
dobro o corpo em dois
à procura da greta reveladora
de não sei que mistério radioso
ou sombrio
só a homens ofertado
em sigilo de quarto e noite alta.

Encontro, mina de ouro?
Contenho a respiração.
Dispara o coração
no fim de longa espera
ao rumor de saias lá em cima
ai de mim, que nunca se devassam
por mais que o desejo aguce a vista
e o sangue implore uma visão
de céu e terra encavalados.

Nada
nada
nada
senão a sola negra dos sapatos
tapando a greta do soalho.

Saio rastejante
olhos tortos
pescoço dolorido.
A triste poluição foi adiada.

A PUTA

Quero conhecer a puta.
A puta da cidade. A única.
A fornecedora.
Na Rua de Baixo
onde é proibido passar.

Onde o ar é vidro ardendo
e labaredas torram a língua
de quem disser: Eu quero
a puta
quero a puta quero a puta.

Ela arreganha dentes largos
de longe. Na mata do cabelo
se abre toda, chupante
boca de mina amanteigada
quente. A puta quente.

É preciso crescer
esta noite a noite inteira sem parar
de crescer e querer
a puta que não sabe
o gosto do desejo do menino
o gosto menino
que nem o menino
sabe, e quer saber, querendo a puta.

TENTATIVA

Uma negrinha não apetecível
é tudo quanto tenho a meu alcance
para provar o primeiro gosto
da primeira mulher.

Uma negrinha, sem cama
salvo a escassa grama
do quintal, sem fogo
além do que vai queimando
por dentro o menino inexperiente
de todo jogo.

Ai medo de não saber
o que fazer na hora de fazer.

Me ajude, primo igual a mim.
Seremos dois a navegar
o crespo rio subterrâneo.

No chão, à luz da tarde, a tentativa
de um, de outro, em vão, no chão
sobre a fria negrinha indiferente.

Em meio à indiferença dos repolhos,
das formigas que seguem seu trabalho,
eis que a montanha
de longe nos reprova, toda ferro.

CONFISSÃO

Na pequena cidade
não conta seu pecado.
É terrível demais para contar
nem merece perdão.
Conta as faltas simples
e guarda seu segredo de seu mundo.

A eterna penitência:
três padres-nossos, três ave-marias.
Não diz o padre, é como se dissesse:
— Peque o simples, menino, e vá com Deus.

O pecado graúdo
acrescido do outro de omiti-lo
aflora noite alta
em avenidas úmidas de lágrimas,
escorpião mordendo a alma
na pequena cidade.

Cansado de estar preso
um dia se desprende no colégio
e se confessa, hediondo.
— Mas você tem certeza de que fez
o que pensa que fez, ou sonha apenas?
Há pecados maiores do que nós.
Em vão tentamos cometê-los, ainda é cedo.

Vá em paz com seus pecados simples,
reze três padres-nossos, três ave-marias.

A IMPOSSÍVEL COMUNHÃO

Hóstia na boca
Deus na boca
céu no céu
da boca
não machucar
não triturar
não bobear
não pensar coisas
de satanás
deixar que desça
deslize intato
pelo canal
pelo sinal
de salvação
de teus pecados
tão variados
tão revoltados
que não permitem
sorver em paz
a quinta-essência
do corpo ázimo
da carne branca
da alma redonda
do Deus de trigo
que tens na boca
e fere e arde
em ferro e brasa
torna mais viva

tua sujeira
de criminoso
sem nenhum crime.
Hóstia de fogo
boca de inferno
na in
na ex
comunhão.
Ai Deus, que duro
usando o corpo
salvar a alma.

ASPIRAÇÃO

A folha de malva no livro de reza
perfuma o pensamento de Deus.
O céu cheirando a malva: santamente.
A vida deve ter, a vida pura,
esse cheiro de malva, e meus pecados
até os meus pecados
em malva se dissolvam, perfumosos.

O próprio inferno, por que não? com esse cheiro...
E a malva, que me salva, me condena.

ANJO

Há um momento em que viro anjo.
O par de asas e a túnica branca
operam a metamorfose.
Ser filho do Coronel é garantia
de uma perfeita aeroindumentária.
Sou anjo e desfilo ao longo do tempo
sem imperativo de voar.
Sigo entre anjos e virgens alvas, compenetrado
de minha celeste condição.
Apenas esta tarde. O anjo é breve
e não fala, não conta de onde veio.
Vai lento, musical.
Esta manhã não era anjo: só eu mesmo,
o desatinado, o tonto. Resplandeço
nas ruas principais. O calçamento
ignora a planta leve de meus pés
e machuca.
Entre sinos, a volta
já desbotando o sol, as asas
pesando na fadiga de ser anjo.
E na porta de Deus a recompensa:
o cartucho de amêndoas.

O PADRE PASSA NA RUA

Beijo a mão do padre
a mão de Deus
a mão do céu
beijo a mão do medo
de ir para o inferno
o perdão
de meus pecados passados e futuros
a garantia de salvação
quando o padre passa na rua
e meu destino passa com ele
negro
sinistro
irretratável
se eu não beijar a sua mão.

BRIGA

Brigar é simples:
Chame-se covarde ao contendor.
Ele olhe nos olhos e:
— Repete.
Repita-se: — Covarde.
Então ele recite, resoluto:
— Puta que pariu.
— A sua, fio da puta.

Cessem as palavras. Bofetão.
Articulem-se os dois no braço a braço.
Soco de lá soco de cá
pontapé calço rasteira
unha, dente, sérios, aplicados
na honra de lutar:
um corpo só de dois que se embolaram.

Dure o tempo que durar
e resistência de um.
Não desdoura apanhar, mas que se cumpra
a lei da briga, simples.

QUINTA-FEIRA

Quinta-feira é dia
de rara folia.
Não tem aula, quinta,
não tem quadro-negro
tão deveras negro
com suas frações
endemoninhadas,
não tem fila, banco
de calar e ouvir.
Quinta-feira é bom,
é céu quinta-feira.
Só tem um defeito:
quinta-feira cedo
estender os dedos
para cortar unha,
corte de alicate
seco, navalhante.
Quê que tem a unha
crescer toda a vida?
Unha ficar preta
de tanto mexer
em terra e poeira?
Por que minha unha
tem de ser vigiada
e cada semana
passada em revista?

Assim eu crescesse
tão depressa como
a unha aparada:
semana que vem,
chega quinta-feira,
eu é que cortava
a unha dos outros
a fero alicate.
Corto mal, espirra
sangue? Pois espirre
no estalar da poda.
Ruindade dos outros
vira contra eles.
No mais, quinta-feira
é uma lagoa
de escutar sereia,
é uma cascata
de prender o sol,
é o mato virgem
de enfrentar leões
e de cativá-los.
Quinta-feira, viagem
ao país sem leis
de menino livre,
esperando sempre
uma quinta-feira
a chegar um dia.
Quinta-feira é dia
só de imaginar
essa quinta-feira.

RITO DOS SÁBADOS

Sábado é dia de conciliação.

O pobre bate à porta, é recebido
como o esperado da semana;
mendigo, não.

Vem recolher a moeda,
sua parte devida e reservada.
A parte do pobre é pobre
mas é sagrada.

Não há mendigos na cidade,
mãos estendidas pelas ruas,
famintos ares.
Há pobres fixos de cada rico,
visitas domiciliares.

Escalado para atendê-los,
miro remiro
esses trocados sobre a mesa.
Bem que me serviriam
para comprar sonhos urgentes
de sensual necessidade.
Mas se furto dinheiro ao pobre,
ao castigo imposto a meu corpo
junta-se
confuso castigo dentro.

Chegam os pobres um a um
com solitária nobreza
no tranquilo gesto dos sábados
que toma a forma de um direito
aureolado de altivez.

Um a um lhes vou passando
a minipercentagem da pobreza.

Sou o pobre distribuidor.

GESTO E PALAVRA

Tomar banho, pentear-se
calçar botina apertada
ir à missa, que preguiça.

A manhã imensa escurecendo
no banco de igreja
duro ajoelhar
imunda reflexão dos mesmos pecados
de sempre.

Manhã que prometia caramujos
músicos
mágicos
maduros sabores
de tato, barco de leituras
secretas sereias...
                apodrecida.

Não vai? Pois não vai à missa?
Ele precisa é de couro.

Ó Coronel, vem bater,
vem ensinar a viver
a exata forma de vida.

No rosto não!
Ah, no rosto não!

Que mão se ergue em defesa
da sagrada parte do ser?
Vai reagir, tem coragem
de atacar o pátrio poder?

Nunca se viu coisa igual
no mundo, na Rua Municipal.

— Parricida! Parricida!
alguém exclama entre os dois.
Abaixa-se a mão erguida
e fica o nome no ar.

Por que se inventam palavras
que furam como punhal?
Parricida! Parricida!
Com essa te vais matar
por todo o resto da vida.

MARINHEIRO

A roupa de marinheiro
    sem navio.
Roupa de fazer visita
sem direito de falar.
Roupa-missa de domingo,
convém não amarrotar.
Roupa que impede brinquedo
e não se pode sujar.
Marinheiro mas sem leme,
se ele nunca viu o mar
    salvo em livro,
e vai navegando em seco
por essa via rochosa
com desejo de encontrar
quem inventou merda moda
de costurar esta âncora
    no braço
e pendurar esta fita
    no gorro.
Ah, se o pudesse pegar!

1914

Desta guerra mundial
não se ouve uma explosão
sequer nem mesmo o grito
do soldado partido
em dois no campo raso.
Nenhum tanque perdido
ou avião de caça
rente ao Poço da Penha
por um momento passa.
Vem tudo no jornal
ilustrado longínquo.
O mundo finaliza
na divisa do Carmo
    ao Norte
ao Sul em Santa Bárbara.
Reparo: o que habitamos
território encravado
não é o mundo, é o branco.
Um branco povoado
como se mundo fosse.
Bem cedo se vestiu
Sinhá Americano
e chega de mantilha
à missa de 6 horas.
Nhonhô Bilico serve
água e alpiste aos canários.

Já desce Minervino
ao cartório. Amarílio
deixa de lado o Morse
e burila sonetos.
Resmunga Romãozinho
a limpar as vidraças
gaguejado vissungo.
Abre Quinca Custódio
sua coletoria.
Ouço zumbir a mosca
imóvel esmeralda
sobre o pé de camélia.
Ouço portas rangerem
como rangem as portas
sem medo de invasão.
Pacapá-pacapá
o cavaleiro célere
regressa a Pau de Angu
levando na garupa
duas sacas de sal
quatro maços de fósforos.
A vida é sempre igual
a si mesma a si sempre
mesmo quando o correio
traz na mala amarela
esse enxofre de guerra
estranha guerra estranha
que não muda o lugar
de uma besta de carga
dormindo entre cem bestas
no Rancho do Monteiro;
que não altera o gosto
da água pedida à fonte

para dormir na talha
uma espera de sede;
que não suspende a aula
de misteriaritmética
e nem a procissão
em seu eterno giro
na rua principal
tão lerdo a ponto de
tornar abominável
a própria eternidade.
Entretanto essa guerra
invisível assética
assalta pelas fotos
e títulos vermelhos.
No escuro me desvenda
seu maligno diadema
de fogos invectivas
e cava uma trincheira
à beira de meu catre.
    Provoca-me
suspende-me em silêncio
por sobre a Mantiqueira
e diz-me dura: "Olha.
Olha longe e decide."
Serei fraco iletrado
pálido mineirinho
o juiz da contenda?
Tenho numa balança
de sopesar os ódios
e de optar por um deles?
O nulo entendimento
cede à vertiginosa
tentação de escolher.

Escolhendo me isolo,
um somente a sentir
no oco paroquial
o peso desta guerra
universal e minha.
Um só? Engano. Somos
dois terríveis arcanjos
a passear a chama
de nossas durindanas.
O moço postalista
Fernandinho irradia
o seu furor teutônico
ao meu entrelaçado.
Um varão, um menino
unidos pela causa
mas que causa? em que campo?
a causa de Hohenzollern
na agência do correio
ou o combate ideal
entre mim mesmo e o mal?
E derrota e vitória
Flandres Verdun Champagne
enervante compasso
de espera se articula
no sem fim dessa guerra.
De tanto esperar tanto,
navios brasileiros
    afundam
sob o tiro solerte
de nossos submarinos.
Estremece a consciência
cortada de remorsos.
Isso não, Fernandinho.

Já não posso mais ser
o exato germanófilo.
Fernandinho me encara
com silente desprezo
enquanto adiro ao velho
sentimento da pátria.
Pátria, morrer por ti
ou pelo menos te
ofertar este ramo
de palavras ardentes.
Vou à rua, peroro
com voz de calça curta
ordeno ao município
que marche resoluto
a combater os boches.
A meus olhos esfuma-se
o imaginário limite
do bem e da justiça
que a palavra traçara
e paixão e interesse
entre cercas de arame
farpado se entrecruzam
tecendo o labirinto
sinistro a percorrer
na incerteza da história.
Nunca mais reaprendo
o que é a verdade.

MATAR

Aprendo muito cedo
a arte de matar.
A formiga se presta
a meu aprendizado.
Tão simples, triturá-la
no trêmulo caminho.
Agora duas. Três.
Milhares de formigas
morrendo, ressuscitam
para morrer de novo
no ofício a ser cumprido.
Intercepto o carreiro,
esmago o formigueiro,
instauro, deus, o pânico,
e sem fervor agrícola,
sem divertir-me, seco,
exercito o poder
de sumário extermínio,
até que a ferroada
na perna me revolta
contra o iníquo protesto
da que não quis morrer
ou cobra sua morte
ferindo a divindade.
A dor insuportável
faz-me esquecer o rito

da vingança devida
já nem me acode o invento
de supermortes para
imolar ao infinito
imoladas formigas.
Qual outra pena, máxima,
poderia infligir-lhes,
se eu mesmo peno e pulo
nesse queimar danado?
Um deus infante chora
sua impotência. Chora
a traição da formiga
à sorte das formigas
traçada pelos deuses.

ESTAMPA EM JUNHO

Agora em junho a gente não se enxerga
nítido, no espelho embaciado.
A manhãzinha são nevoeiros
móveis, flocos aspirando
a se tornarem cabrito, padeiro, bicicleta
a um metro de distância.
A fala, brancura de ar. Nem montanha
nem casas em redor.
O tempo suprimiu os estatutos
da vida real. A liberdade
de meus passos faz-se bruma, eu próprio
sou alvo fantasminha divertido.

Experiência de não ser. Mas sendo para ver.

MEMÓRIA PRÉVIA

O menino pensativo
junto à água da Penha
mira o futuro
em que se refletirá na água da Penha
este instante imaturo.

Seu olhar parado é pleno
de coisas que passam
antes de passar
e ressuscitam
no tempo duplo
da exumação.

O que ele vê
vai existir na medida
em que nada existe de tocável
e por isto se chama
absoluto.

Viver é saudade
prévia.

NOTURNO

Abença papai, abença mamãe.
Deus te abençoe. Não vá se esquecer
de arear os dentes e lavar os pés
antes de deitar.
Sim senhora. E não vá dormir
sem rezar um padre-nosso, três ave-marias,
uma salve-rainha.
Rezo. Não vá se esquecer
de apagar a luz antes de dormir.
Fogo pegou
no quarto de Juquinha de Sá Mira
porque ele dormiu de vela acesa. Apago.
Dorme bem, meu filho. Não fique pensando
bobagens no escuro. O mais é com Deus.
Mas fico.

Abença papai, abença mamãe.
Já te dei abença. Vai dormir. Não tenho
sono bastante para cochilar.
Espera quietinho que o resto vem.
Vou contar estrela. Não. Conto passarinho
que já tive ou tenho ou terei um dia.
Conto, reconto
vistas de cigarros, minha coleção
é fraca. Nomes de países. 27 só.
Ai, essa geografia.

Nomes de meninas. Todas são Lurdes,
Carmos, Rosários, faço confusão.

Abença papai. Vai dormir, já chega.
Estou sem sono. Pois dorme assim mesmo.
Como que posso, se não posso. Então
cale essa boca. Abença mamãe.
Deus te abençoe, obedece seu pai.
Hora de dormir não é de caçoada.
Hora de dormir, todo menino dorme.
Mesmo sem sono? Dorme sem pensar.
Mas estou pensando. Penso mulher nua.

Penso na morte. Se eu morrer agora?
Sem ver mulher nua, só imaginando?
Morro, vou pro inferno. Talvez não. Meu anjo
me puxa de lá, leva ao purgatório.
A cama rangendo. Abença papai.
Você não sossega? Pera aí que eu te ensino.
Mas eu não fiz nada. Só pedi abença.
Deus te abençoe, diabo, senão,
senão tu me paga.

Que noite mais comprida desde que nasci.
Viajando parado. O escuro me leva
sem nunca chegar. Sem pedir abença
como vou saber que não vou sozinho?
Que o mundo está vivo? Abença papai
abença mamãe. Mas falta coragem
e peço pra dentro. Dentro não responde.

FUGA

De repente você resolve: fugir.
Não sabe para onde nem como
nem por quê (no fundo você sabe
a razão de fugir; nasce com a gente).

É preciso FUGIR.
Sem dinheiro sem roupa sem destino.
Esta noite mesmo. Quando os outros
estiverem dormindo.
Ir a pé, de pés nus.
Calcar botina era acordar os gritos
que dormem na textura do soalho.

Levar pão e rosca; para o dia.
Comida sobra em árvores
infinitas, do outro lado do projeto:
um verdor
eterno, frutescente (deve ser).
Tem à beira da estrada, numa venda.
O dono viu passar muitos meninos
que tinham necessidade de fugir
e compreende.
Toda estrada, uma venda
para a fuga.

Fugir rumo da fuga
que não se sabe onde acaba
mas começa em você, ponta dos dedos.
Cabe pouco em duas algibeiras
e você não tem mais do que duas.
Canivete, lenço, figurinhas
de que não vai se separar
(custou tanto a juntar).
As mãos devem ser livres
para pesos, trabalhos, onças
que virão.

Fugir agora ou nunca. Vão chorar,
vão esquecer você? ou vão lembrar-se?
(Lembrar é que é preciso,
compensa toda fuga.)
Ou vão amaldiçoá-lo, pais da Bíblia?
Você não vai saber. Você não volta
nunca.
(Essa palavra nunca, deliciosa.)
Se irão sofrer, tanto melhor.
Você não volta nunca nunca nunca.
E será esta noite, meia-noite.
Em ponto.

Você dormindo à meia-noite.

VERBO SER

Que vai ser quando crescer? vivem perguntando em redor. Que é ser? É ter um corpo, um jeito, um nome? Tenho os três. E sou? Tenho de mudar quando crescer? Usar outro nome, corpo e jeito? Ou a gente só principia a ser quando cresce? É terrível, ser? Dói? É bom? É triste? Ser: pronunciado tão depressa, e cabe tantas coisas? Repito: ser, ser, ser. Er. R. Que vou ser quando crescer? Sou obrigado a? Posso escolher? Não dá para entender. Não vou ser. Não quero ser. Vou crescer assim mesmo. Sem ser. Esquecer.

MITOLOGIA DO ONÇA

Que lugar diferente dos lugares,
o Onça!
Custo a crer que exista além da boca,
faladeira de sonhos.
No entanto viajantes vêm do Onça,
apeiam, amarram suas mulas
na argola do mourão
e contam, pachorrentos, da viagem.
Contam de sua gente, de seus matos
e seus rios.
O Onça-Grande, o Onça-Pequeno
me perturbam.
São rios feitos de onça, águas ferozes
de onça encachoeirada?
Nas ruas do Onça passam onças
e pessoas caminham junto a elas?
Uma onça maior governa o Onça,
cada dia um menino é mastigado
em sua mesa rubra a escorrer sangue?
Riem de mim os viajantes
se lhes faço perguntas. Não pergunto.
Não riem. Ouço apenas
as estórias do Onça, corriqueiras.
No Onça não há onças.
É calma, tudo lá. Em mim, tremor.
Em mim é que elas bramem, noite negra.

DUPLA HUMILHAÇÃO

Humilhação destas lombrigas,
humilhação de confessá-las
a Dr. Alexandre, sério,
perante irmãos que se divertem
com tua fauna intestinal
em perversas indagações:
"Você vai ao circo assim mesmo?
Vai levando suas lombrigas?
Elas também pagam entrada,
se não podem ver o espetáculo?
E se, ouvindo lá de dentro,
as gabarolas do palhaço,
vão querer sair para fora,
hem? Como é que você se arranja?"

O que é pior: mínimo verme,
quinze centímetros modestos,
não mais – vermezinho idiota –
enquanto Zé, rival na escola,
na queda de braço, em tudo,
se gabando mostra no vidro
o novelo comprovador
de seu justo gabo orgulhoso;
ele expeliu, entre ohs! e ahs!
de agudo pasmo familiar,
formidável tênia porcina:
a solitária de três metros.

ESMOLA

Pede-se esmola por amor de Deus,
não por favor.
O cobre é dado por amor de Deus,
40 réis de amor e caridade.
Mas a mulher é velha, manca, enxerga mal.
Vou acompanhá-la pela rua afora.
A mão pega-lhe o braço, vai guiando
ou quase.
— Não careço de ajuda.
Me larga menino, por amor de Deus.

EXIGÊNCIA DAS ALMAS

À minha frente,
a sacola vermelho-desbotada:
— Esmola para as almas.

Difícil recusar: no Purgatório
as almas espiam
escutam
reparam.
Estão confiantes as almas, vigilantes as almas.
Muito se aborrecerão
se eu lhes negar o solitário níquel da algibeira.

Que fazem as almas com dinheiro?
Por que precisam de dinheiro as almas?
Acaso não preciso mais na Terra?
Todo menino aqui tem dívidas
e as almas não querem saber disso.

— Como é? Não dá esmola para as almas?
Despojo-me, resignado.
É voz corrente, voz na carne:
Das almas não se pode esconder nada.

OS POBRES

Domingo. Tarde. Consistório da Matriz.
Luz escassa no adro verde.
Comprida toalha vermelho-vinho
amacia a mesa das deliberações.

Ao derradeiro raio de sol
bailam corpúsculos no ar.
A Conferência Vicentina
considera a vida dos pobres.

O pai não veio desta vez.
Mandou-me em seu lugar. Sou grande,
já não sou menino estabanado
ao cuidar da vida dos pobres.

Mas que sei da vida dos pobres
senão que vivem: sempre, sempre,
como a água, a pedra, o costume?
Se São Vicente manda ver
no rosto deles o do Cristo,
o que vejo é a comum pobreza
resignada, consentida,
tão natural como sinal
na pele.

Estendo a mão com gravidade
na hora de contribuir.
Não é meu dinheiro? É meu o gesto.
Não salvo o mundo. Mas me salvo.

TAMBOR NO ESCURO

O rumor vem de longe. Vem da Rua de Baixo,
onde é tudo diverso e pode acontecer?
Do Areão? De não sei onde vem.
No vento, no entressono fevereiro.
É a caixa de guerra.

A caixa enorme, a caixa repetida
que não deixa dormir,
surda, longínqua, tão presente
no breu do quarto, agora.

O som penetra o cobertor,
cola-se à carne. Quem estará rufando
este convite, este brado, esta ameaça?
Operários rebelados
contra o sossego de coronéis e coletores?
Há quantas noites se repete
e amanhã risco nenhum no céu lavado,
nenhum sinal na rua,
do zabumba-fantasma desta hora.

O nome, o nome vago
sonolento se esboça: Zé-Pereira,
de ninguém conhecido, não é primo,
não é irmão de Tonho, de Justino,
de Salatiel Pereira, clã sortido.

Um Zé sem cara que é o próprio bumbo
a soar na hora morta do meu catre.

Dizer que é carnaval chegando nada explica.
Há uma força chamando e só à noite
é que ele escuta o chamado?
Deus diferente, diabo manhoso,
só virá se a batida chega ao ponto,
e é preciso insistir, noturno apelo renitente?
Se eu pudesse sair,
sem ranger de botina,
sem pigarro do Velho me espreitando,
no rastro deste apelo, susto embora!

O sentido das coisas mora longe.

BANDO

Carnaval da gente é o bando.
O bando cigano, vadio, pedinchão.
Fantasia, mãe da gente é quem faz.
Tento modelar a máscara feroz
na prática artesã:
sai porcaria.
Então o pai ajuda nos preparativos.
Vá lá. Cuidado, menino,
não me faça maluquice.
E Vlã, posso comprar?
Olha só que absurdo. Lança-perfume nos olhos
cega por toda a vida!
Compro limão de cheiro
que é barato e engraçado na pele dos outros,
mas geralmente os outros é que me ensopam.
O bando sai mal preparado como sempre,
não dá aquele prazer imaginado
na hora de formar o bando.
(Um dia alguém me ensinará
que há carnavais subjetivos.
O meu é subjetivo sem saber.)
Somos irreconhecíveis em nossos disfarces
e toda gente nos conhece.
Na noite de terça-feira,
com empadões e pastéis fornecidos pelos familiares,
mastigamos melancólicos a essência do carnaval.

DESFILE

As terras foram vendidas,
as terras abandonadas
onde o ferro cochilava
e o mato-dentro adentrava.
Foram muito bem (?) vendidas
aos amáveis emissários
de Rothschild, Barry & Brothers
e compadres Iron Ore.
O dinheiro recebido
deu pra saldar hipotecas,
velhas contas de armarinho
e de secos e molhados.
Inda sobrou um bocado
pra gente se divertir
no faz de conta da vida
que devendo ser alegre
nem sempre é – quem, culpado?
Então se funda o galhardo
Clube Casaca Vermelha,
o qual todo encasacado
e todo rubro-pelintra
vem montado em seus cavalos
de vastas crina e arreata
de nobre prata e fulgor.
Desfila pela cidade
entre clarins triunfais

que clarinam mundo afora
nossa riqueza e poder.
Beleza do nunca visto
nunca sonhado ou contado:
são duzentos, são trezentos
quatrocentos cavaleiros,
serão mais, se não deliro,
altaneiros e pimpões,
medievais, século-vintes,
dizendo ao mundo: "Nós somos,
nós temos, nós imperamos!"
A povama deslumbrada
já nem abre mais a boca
de tão aberta que está,
e o cortejo vai passando
rumo à glória, rumo à história,
vão os cavalos deixando
no chão de pedra o lembrete
estercorário da cena,
vão deixando, vão tinindo
as ferraduras festivas...
Aproveitem, meus casacas,
é só esta volta, e pronto:
ano que vem, nunca mais.

CHEIRO DE COURO

Em casa, na cidade,
vivo o couro
a presença do couro
o couro dos arreios
dos alforjes
das botas
das botinas amarelas
dos únicos tapetes consentidos
sobre o chão de tabuões que são sem dúvida
formas imemoriais de couro.

Vivo o cheiro do couro,
bafo da oficina do seleiro
suspenso no quarto de arreios.
Surpreendo, apalpo o cheiro futuro
dos bois sacrificados
olhando
a parada estrutura dos bois vivos.

Aspiro, adivinhando-o,
o cheiro do couro nonato
da cria na barriga da vaca Tirolesa
que um dia será carneada.

O couro cheira há muitas gerações.
A cidade cheira a couro.
É um cheiro de família, colado aos nomes.

HISTÓRIA DE VINHO DO PORTO

O melhor na caixa de vinho
não é o vinho constelado de medalhas.
É o brinde oculto, destinado a quem? A mim,
caixeiro de armazém de secos e molhados.

A martelo e formão desventra-se o caixote.
Nas botelhas deitadas dorme vago torpor.
Papel de seda branco envolve esse letargo.
Onde o brinde? O canivete, a tesourinha,
a peça portuguesa de cerâmica, onde, onde
comigo brinca de esconder?

E se acaso esqueceram lá no Porto
de colocar meu brinde aí dentro?
Se em alto-mar – ó caixa balançando
entre ondas atlânticas iradas –
um marinheiro a violou,
roubou meu brinde lusitano?

O patrão acompanha os gestos de pesquisa:
— Olhe lá, não vá quebrar uma garrafa.
Me dará o que for? Guardará para um filho?
Vou lhe pedir? Surripiar
quando um freguês o chame, num segundo?
Melhor talvez do que pedir
e sofrer um não.

Ele volta, pergunta,
vendo a caixa vazia, as mãos vazias:
— Como é? O que foi que encontrou?
As mãos vazias lhe respondem: Nada.

ORION

A primeira namorada, tão alta
que o beijo não a alcançava,
o pescoço não a alcançava,
nem mesmo a voz a alcançava.
Eram quilômetros de silêncio.

Luzia na janela do sobradão.

CLASSE MISTA

"Meninas, meninas,
do lado de lá.
Meninos, meninos,
do lado de cá."
Por que sempre dois lados,
corredor no meio,
professora em frente,
e o sonho de um tremor de terra
que só acontece em Messina,
jamais, jamais em Minas,
para, entre escombros, me ver
junto de Conceição até o fim do curso?

AMOR, SINAL ESTRANHO

Amo demais, sem saber que estou amando,
as moças a caminho da reza.
No entardecer.
Elas também não se sabem amadas
pelo menino de olhos baixos mas atentos.
Olho uma, olho outra, sinto
o sinal silencioso de alguma coisa
que não sei definir – mais tarde saberei.
Não por Hermínia apenas, ou Marieta
ou Dulce ou Nazaré ou Carmen.
Todas me ferem – doce,
passam sem reparar. O lusco-fusco
já decompõe os vultos, eu mesmo
sou uma sombra na janela do sobrado.
Que fazer deste sentimento
que nem posso chamar de sentimento?
Estou me preparando para sofrer
assim como os rapazes estudam para médico ou advogado.

ENLEIO

Que é que vou dizer a você?
Não estudei ainda o código
de amor.

Inventar, não posso.
Falar, não sei.
Balbuciar, não ouso.

Fico de olhos baixos
espiando, no chão, a formiga.

Você sentada na cadeira de palhinha.
Se ao menos você ficasse aí nessa posição
perfeitamente imóvel, como está,
uns quinze anos (só isso)
então eu diria:
Eu te amo.
Por enquanto sou apenas o menino
diante da mulher que não percebe nada.

Será que você não entende, será que você é burra?

MENINA NO BALANÇO

A calcinha (que é calça) de morim-cambraia,
nada transparente, de babados,
deve chegar até quase os joelhos.
A gente espera, a gente fica prelibando,
mas nem isto se vê
na rapidez do balanço que só revela em primeiro plano
a imensidão instantânea do sola dos sapatinhos brancos.

FEBRIL

Ai coxas, ai miragem,
nudez rindo fugindo!
Relampeia no escuro
até no dia claro!

Ai corpos e delícias,
mar de ondas imóveis!
Labareda a lamber-me
por dentro, e não parece...

Tão perto, seios longe!
À míngua de senti-los,
nem sequer o direito
de contar esta febre...

Ao menos se uma vez
os olhos apalpassem
o pelo, a mão tocasse
o frondoso carvão!

Pegar na realidade
o que vejo, invisível!
Não e nunca... Flanelas!
Linhos indevassáveis!

Quando crescer (e cresço?)
tudo estará presente?
Ou perco para sempre
isto que não mereço?

A MÃO VISIONÁRIA

Xô xô mosquitinho
xô xô mosquitinho
xô xô mosquitinho
a moça da casa verde
xô xô mosquitinho
arregaçando o vestido
xô xô mosquitinho
descerrando as pernas brancas
xô xô mosquitinho
mais acima dos joelhos
xô xô mosquitinho
as coxas se arredondando
xô xô mosquitinho
entre as coxas se formando
xô xô mosquitinho
o escuro encaracolado
xô xô mosquitinho
bosque, floresta encantada
xô xô mosquitinho
que eu nunca vi, me contaram
xô xô mosquitinho
a minha mão vai subindo
xô xô mosquitinho
vai apalpando, alisando
xô xô mosquitinho
até chegar a essa mata

xô xô mosquitinho
que me deixa emaranhado
xô xô mosquitinho
na noite mais pegajosa
xô xô mosquitinho
e sinto que estou queimando
xô xô mosquitinho
nesse carvão incendiado
xô xô mosquitinho
vou ardendo vou morrendo
xô xô mosquitinho
xô... xô...
      mosquitinho
    Ai!

SENTIMENTO DE PECADO

I

Pecar, eu peco todo santo dia.
Às vezes mais. Outras nem tanto.
Mas sempre a sombra, na consciência,
visão de inferno, crepitante,
subimpressa, nos atos, nos lugares.

Sei todos os pecados e cometo-os.
Todos os arrependimentos.
Todas as prosternadas confissões,
previstas penitências:
Três padre-nossos,
três ave-marias,
três creiemdeuspadres.

Saio puríssimo para pecar de novo.
Padre Olímpio não se cansa,
não me canso,
jamais se cansa o inferno
de aparecer em brasas nítidas.
Como pode durar o ano inteiro
este jogo de deus e de diabo
em peito de menino?

II

Chegam os missionários estrangeiros
corados
rudes
ininteligíveis.
Festa na cidade, medo em mim:
Entenderão os meus pecados?
Trazem um inferno mais terrível
da Itália, da Espanha, da Alemanha?

A Inquisição – me lembro de gravuras
com fogaréus sinistros alumiando
uma praça de olhares –
baixou talvez em Minas, sou a vítima.

Os pecados não fazem fila.
O mar de pecados
envolve três confessionários
em suor arrependido.

Homens e mulheres exalam
vapor de crimes contra o Céu.
Valho tão pouco, eu!
Outra forma de medo me visita:
Meu Deus, terei pecado
à altura dos Inquisidores
ou vão me declarar incompetente?

ELE

Ele vê, ela cala.
Castiga depois.
Seu olho-triângulo
devassa o país do mato-dentro.
No escuro me vê
e me assusta.
No claro me deixa sozinho
sem um sinal, um só
que me previna.

O que faço de errado,
principalmente o que faço
de gostoso,
tudo lhe merece
a mesma indiferença
enquanto vou fazendo.
Tarde é que ele mostra
sua condenação.
Interrogo-me, sinto
que dói dentro de mim.
Não devia ter feito.
Como poderia
evitar de fazer?
Só agora percebo
que condenado fui
a fazer e provar
a pena interior.

Seu nome (e tremo) é Deus do catecismo.

**POSFÁCIO
DRUMMOND, DOS VASTOS ENIGMAS DO MUNDO**
POR CARLOS BRACHER

> *As coisas tangíveis*
> *tornam-se insensíveis*
> *à palma da mão.*
>
> *Mas as coisas findas,*
> *muito mais que lindas,*
> *essas ficarão.*
>
> Carlos Drummond de Andrade

Poeta é esse ser que se esplende em síntese incognoscível de si, em estrofes ternas e eternas dos gestos seus intercalados, a alçar uma viagem épica imemorial. E propõe-nos fábulas como forma de substância interpretativa da alma humana. Não por fórmulas ou dogmas, mas por parábolas abissais, gritos, odes que se vertem em prismas ocultos. O poeta não se define e não as quer, definições. Apenas tenta estreitar em vocábulos as angústias e os delírios pendulares, que nele habitam, da Beleza intrínseca. A arte nada mais seja que a fruição onírica de estados existenciais, uma proposta de expressões verticalizadas em códigos estéticos. Vida e arte são centelhas indissociáveis donde tudo se amplifica e se insere, em função do olhar, do ângulo sob o qual transita uma vibração artística em movimento.

Nós somos um conjunto de sedimentos que se interpõe entre a realidade e o sonho. Arte vem a ser essa clara especificidade a acalentar o corpo das sensações. E cada indivíduo é o produto de instâncias múltiplas imponderáveis, que se tornam esferas, metáforas cíclicas das experiências vividas. Somos, os seres, processos de lembranças e afetividades a se assentarem em nossas memórias. Uma rua, uma árvore, o rio de nossa infância, a voz que se presenciou de uma palavra dita, tudo são vácuos de uma espécie de permanência encantada dos registros essenciais. Isso se valida a todos, indistintamente. Contudo, para um poeta, as dimensões se potencializam. E muito. Em frinchas telúricas, vagas monumentais, visões, ideias semânticas sensoriais do passado, efetivando-se em verbo crepuscular do instante presente. Assim, a poesia conjumina um estro do antes, faz-se cântico de um antigo amanhecer e resplandece numa aurora atemporal que irrompe em choques vulcânicos desmedidos.

Vida, o que seja viver? Quais os princípios desse complexo alongamento de tempo e espaço? Viver talvez seja consumar horas, contemplar estórias, ditames progressivos de dias, meses, anos, séculos. É pisar na Terra e vivenciar as hipóteses possíveis. E impossíveis. E, para um poeta, é ter os pés aqui fincados, aqui e não exatamente, desse soltar-se aos vórtices imaginários das buscas metafísicas.

Portanto, a condição do poeta é, necessariamente, dual, de deter essa ambiguidade equidistante de clarividências imagéticas, de um condão a trespassar a própria verdade finita, que ele a quer outra, infinda, aquela sonora e mágica a coexistir com os pássaros sobrevoando os passos por cantares das alturas.

São naturezas distintas. Totalmente. Um indivíduo comum não se propõe desejos ascensoriais, contentando-se com a reles realidade. A tosca e ínfima trivialidade dos dias a corroer seus passos terrenos. Um artista e um poeta, não. Eles jamais se entregam ao pobre campo efêmero das coisas vazias. E se alumbram, se integram, geram implicações, contundências, desejam externar, conclamar, fabular, sagrar as sementes irreveláveis, miticamente. Aqui e ali. Nos cantos, em todos os cantos, querendo versar e verter, consumar o mar inexistente das particularidades invisíveis e deixá-las públicas e palpáveis aos olhos alheios, aos incautos, aos que se derruem em insignificâncias dos próprios sentidos significativos da vida.

Fruidores de espetáculos alhures, poetas e artistas sempre estiveram e estarão nessa heroica prontidão missionária, enriquecendo a epopeia histórica dos viventes de todos os tempos, do passado, presente e futuro, à evolução humana. É o que fez Drummond. Em sua existência toda. De sua lídima luta, seu labor e sua labuta. Das obsessividades imantadas que nos traz de Itabira e joga abissalmente ao mundo, "Mundo mundo vasto mundo..." Vate de tal estatura, vivenciou tudo, cada passo, cada passada, cada solo e cada gesto que se fez palavra. Augúrios, perdas, conjecturas plausíveis, foram evocações remissivas a adquirirem força, expressão, doação em todos os seus versos. Como uma canção definitiva, quando um poeta avulta a mão e faz com que tudo se transforme em Poesia. Poesia de ser, de estar, do indagador de estados febris de seu coração entreaberto, por vezes dilacerado, de tanto amar e ainda assim amar, amar tanto.

Como elos líricos de uns aos outros, as obras dos poetas passam de mãos em mãos, tanto quanto Virgílio vai influenciar Dante, que influenciou Shakespeare e Cervantes. E em Mário de Andrade, Drummond segmenta as suas fontes, e na sequência é Drummond quem vai inspirar João Cabral, Ferreira Gullar, Haroldo de Campos, Affonso Romano de Sant'Anna e outros mais, sucessivamente.

Em mim, Drummond é praticamente o que sou e assentou-se em poesia, cor e mineiridade, desde meus primórdios juvenis, quando sua figura alteou-se em dádivas às várias gerações. Drummond corporificou o país, na mais alta voz cívica, intelectual e literária, nos livros, jornais e embates, uma liderança inconteste traduzida em dignidade, coerência e liberdade.

Tive ainda a felicidade de conhecê-lo e tê-lo numa exposição que fazia na Galeria Bonino do Rio, nos anos 1970, na qual também estiveram Pedro Nava e Clarice Lispector. Imagine a um jovem pintor receber três vultos, foi um prêmio. E todos admiraram a mostra intitulada *Paisagens de Ouro Preto*, época em que Drummond escreveu: "Encontrei-me com Minas Gerais através da pintura de Carlos Bracher. É o maior elogio que, de coração, lhe posso fazer. Viva Minas!" Custou-me acreditar e só me certifiquei por terem sido em palavras manuscritas, a caírem como sagração às minhas vestes mineiras onde nasci.

A partir de então nos reencontramos algumas vezes, e um dia ele solicitou-me o doce obséquio de receber em Ouro Preto seu neto Pedro Augusto Graña Drummond — com quem estabeleci até hoje linda amizade — para entronizá-lo nos mistérios da antiga Vila Rica. E o fiz com imensa alegria, para que o jovem artista cheio de talento e avidez pudesse descortinar os vínculos donde seu grande avô tanto afeiçoou-se, signatário de poemas emblemáticos aqui gerados, como este, defronte à Igreja São Francisco de Assis, no livro *Claro enigma*: "Não entrarei, Senhor, no templo, / seu frontispício me basta. / Vossas flores e querubins / são matéria de muito amar."

Minha vida muitíssimo se enriqueceu por ter tido a grata oportunidade de conviver não apenas com um, mas dois Drummonds, um que se segue ao outro. Dentre afetos e lembranças, as heranças disseminam-se diante das frontalidades cósmicas, entre artistas, seres e amigos como legados de uns aos outros face ao próprio destino.

E vem de longe, em *Boitempo I*, o tempo primevo do primeiro Carlos, o menino de calça curta nas terras patriarcais de sua infância, nos chãos povoados de extensões territoriais, senhorias e pastoris, entre gados, cavalos, vacas e reses e sob a égide do Cauê ainda vívido, donde as consonâncias giravam numa estrutura ancestral familiar de certezas seculares. E num horizonte obviamente não objetável das questões inquestionáveis. Mas não. Ali havia um algo indagativo: pois havia um poeta e ali nascia ele, simplesmente ele, Carlos Drummond. Daquelas terras minerais das montanhas sequenciais de Itabira do Mato Dentro, donde veio à vida nosso vastíssimo poeta. O poeta da cor, das imagens cirúrgicas, das modernidades libertárias e adjacências desse dorso que se levanta nas estrelas e nos sóis, quando as nuvens se entreabriram e deixaram passar o poeta que então nasceria, Carlos Drummond de Andrade, em Minas, no Brasil e no mundo.

Denso e intenso, em *Boitempo I* Drummond lança-se por inteiro em 209 poemas, muitos já clássicos, como "Biblioteca verde": "Mas leio, leio. Em filosofias / tropeço e caio, cavalgo de novo / meu verde livro, em cavalarias / me perco, medievo; em contos, poemas / me vejo viver. Como te devoro, / verde pastagem. Ou antes carruagem / de fugir de mim e me trazer de volta / à casa a qualquer hora num fechar / de páginas?"

Em "Boitempo": "No gado é que dormimos / e nele que acordamos. / Amanhece a roça / de modo diferente. / A luz chega no leite, / morno esguicho das tetas / e o dia é um pasto azul / que o gado reconquista."

"Justificação": "Não é fácil nascer de novo. / Estou nascendo em Vila Nova da Rainha, / cresço no rasto dos primeiros exploradores, / com esta capela por cima, esta mina por baixo."

No poema "15 de novembro" refere-se ao Cauê: "O Pico do Cauê quedou indiferente / (era todo ferro, supunha-se eterno). / Não resta mais testemunha daquela noite / para contar o efeito dos lenços vermelhos / ao suposto luar / das montanhas de Minas. / Não restam sequer as montanhas."

"O eco": "O eco, no caminho / entre a cidade e a fazenda, / é no fundo de mim que me responde."

No poema "Canto de sombra", fala de futuro: "Uma gota e outra gota, no silêncio / onde só as formigas trabalham / e dorme um gato e dorme o futuro das coisas / que doerão em mim, desprevenido."

"Brasão", aqui retorna às indagações familiares: "Com tinta de fantasma escreve-se Drummond. / É tudo quanto sei de minha genealogia."

E em 2018, ao receber o honroso convite do Pedro Augusto e da Joziane Perdigão Vieira para ilustrar o livro *Canto mineral*, tudo veio-me à tona, espectralmente, o poder interpretar nas pobres sombras de mim, a carvão, no preto e branco de minh'alma.

Ouro Preto, 6 de dezembro de 2022

CRONOLOGIA
NA ÉPOCA DO LANÇAMENTO
(1965-1971)

1965

CDA:

– Organiza, com Manuel Bandeira, *Rio de Janeiro em verso & prosa*, publicado pela Editora José Olympio na comemoração do IV Centenário da cidade. Reunião de textos sobre a capital fluminense, é considerado hoje um livro raro.
– É publicada, em Portugal, a *Antologia poética* pela Editora Portugália, com seleção e prefácio do professor de literatura portuguesa Massaud Moisés.
– É publicada nos Estados Unidos, pela Editora da Universidade do Arizona, a antologia *In The Middle of The Road: Selected Poems*, com organização e tradução de John Nist.
– Publicação da antologia *Poesie*, em Frankfurt, Alemanha, pela Editora Suhrkamp, com texto bilíngue e tradução e posfácio de Curt Meyer-Clason.
– Participa da antologia *Vozes da cidade*, junto com Cecília Meireles, Genolino Amado, Henrique Pongetti, Maluh de Ouro Preto, Manuel Bandeira e Rachel de Queiroz, publicada pela Editora Record.
– Colabora na revista *Pulso*.

Literatura brasileira:

– Falece o amigo e poeta Augusto Frederico Schmidt, em 8 de fevereiro.
– Dalton Trevisan publica seu livro de contos *O vampiro de Curitiba*.
– Rubem Fonseca publica seu segundo livro de contos, *A coleira do cão*.
– Lygia Fagundes Telles publica o livro de contos *O jardim selvagem*.
– Mário Palmério publica o romance *Chapadão do Bugre*.
– Paulo Mendes Campos publica o livro de crônicas *Antologia brasileira de humorismo*.
– Adonias Filho publica o livro de críticas *Modernos ficcionistas brasileiros* e o romance *O forte*.
– Antonio Callado publica o livro-reportagem *Tempo de Arraes*.
– Murilo Mendes publica o livro de poemas *Italianíssima: 7 Murilogrammi*.

Vida nacional:

– O governo militar cancela a concessão das linhas aéreas da empresa Panair do Brasil.
– É fundada a Rede Globo de Televisão.
– Classe artística protesta contra a censura, diante das ameaças à peça *Liberdade, liberdade*, de Millôr Fernandes e Flávio Rangel.
– O Ato Institucional nº 2 extingue partidos políticos, reabre processos de cassações e impõe eleições indiretas para presidente da República.
– Polícia invade a Universidade de Brasília (UnB).
– É criada a Empresa Brasileira de Telecomunicações (Embratel).
– Consolida-se o movimento musical da Jovem Guarda, após a estreia do programa homônimo na TV Record de São Paulo, com Roberto Carlos, Erasmo Carlos e Wanderléa.

Mundo:

– Assassinato do líder negro Malcolm X, nos Estados Unidos.
– Os Estados Unidos entram na Guerra do Vietnã. O envio de tropas norte-americanas causa protestos em todo o mundo.
– Início da Segunda Guerra da Caxemira, entre Índia e Paquistão.
– Afro-americanos conquistam o direito ao voto nos Estados Unidos.
– Che Guevara deixa Cuba para "lutar contra o imperialismo em outros países do mundo".

1966

CDA:

– Publica a coletânea de crônicas *Cadeira de balanço*, pela Editora José Olympio.
– Estreia do filme *O padre e a moça*, do diretor Joaquim Pedro de Andrade, baseado no poema "O padre, a moça", do livro *Lição de coisas*, publicado em 1962.
– Nara Leão é ameaçada de prisão devido a algumas declarações sobre os militares no poder. Drummond sai em sua defesa com um "pedido-poema" dirigido ao presidente Castello Branco: "Meu honrado marechal / dirigente da nação, / venho fazer-lhe um apelo: / não prenda Nara Leão. / (...) A menina disse coisas / de causar estremeção? / Pois a voz de uma garota / abala a Revolução? / (...) Meu ilustre marechal / dirigente da nação, / não deixe, nem de brinquedo, / que prendam Nara Leão."
– Organiza a antologia de crônicas *Andorinha, andorinha*, de Manuel Bandeira, publicada pela Editora José Olympio.

Literatura brasileira:

– Caio Prado Júnior lança o livro *A Revolução Brasileira*.
– Manuel Bandeira publica *Itinerário de Pasárgada*, pela Editora do Autor, com capa concebida por CDA.
– Paulo Mendes Campos publica o livro de poemas *Testamento do Brasil* e *Domingo azul do mar*.
– Osman Lins publica os livros *Nove, novena* e *Um mundo estagnado*.
– João Cabral de Melo Neto publica o livro de poemas *A educação pela pedra*.
– Nélida Piñon publica o livro de contos *Tempo das frutas*.

Vida nacional:

– Sob protestos populares, o general Artur da Costa e Silva é eleito indiretamente presidente da República.
– Carlos Lacerda, Juscelino Kubitschek e João Goulart lançam a Frente Ampla, em oposição ao governo militar.
– Criação do Instituto Nacional da Previdência Social (INPS).
– Reforma Tributária impõe o predomínio da União e reduz os recursos dos estados e municípios.
– Criação do Fundo de Garantia por Tempo de Serviço (FGTS).
– Criação da Superintendência para o Desenvolvimento da Amazônia (Sudam).
– Edição do Ato Institucional nº 3, pondo fim às eleições para governador de estado.
– A editora Abril lança *Realidade*, revista mensal de reportagens que chegou a uma tiragem de 200 mil exemplares.
– A tenista brasileira Maria Esther Bueno vence o torneio US Open e os torneios de duplas do US Open e Wimbledon.

Mundo:

– Mao Tsé-Tung lidera a Revolução Cultural proletária na China.
– A participação dos Estados Unidos intensifica a guerra no Vietnã.
– A Inglaterra sagra-se campeã mundial de futebol.
– Em junho, o general Juan Carlos Onganía lidera um golpe de Estado na Argentina e assume a presidência da República.

1967

CDA:

– Publica *Versiprosa* e *José & outros*, pela Editora José Olympio.
– Organiza a coletânea *Minas Gerais*, publicada pela Editora do Autor.
– Publicação de *Mundo, vasto mundo*, em Buenos Aires, com tradução do genro Manuel Graña Etcheverry.
– Publica *Uma pedra no meio do caminho: biografia de um poema*, pela Editora do Autor.

Literatura brasileira:

– João Guimarães Rosa publica o livro de contos *Tutameia: terceiras histórias*. Falece em 19 de novembro, 72 horas depois de tomar posse na Academia Brasileira de Letras.
– Paulo Mendes Campos publica o livro de crônicas *Hora do recreio*.
– Osman Lins publica a peça *Guerra do Cansa-Cavalo*.
– Antonio Callado publica o romance *Quarup*.
– Carlos Heitor Cony publica o romance *Pessach: a travessia*.
– Hilda Hilst publica o livro *Poesia (1959/1967)*.

Vida nacional:

– Criação do Conselho de Segurança Nacional pelo governo militar.
– Criação de nova moeda: o "cruzeiro novo", valendo mil cruzeiros antigos.

– Passa a vigorar a nova Constituição brasileira, outorgada pelo governo militar.

– Governo militar lança o Programa Estratégico de Desenvolvimento (PED), conduzido pelo ministro da Fazenda Delfim Netto.

– Promulgação da Lei de Segurança Nacional para dar sustentação ao governo militar.

– Surge o Tropicalismo, movimento musical e artístico liderado por Caetano Veloso e Gilberto Gil.

Mundo:

– Che Guevara é assassinado na Bolívia.

– É realizado o primeiro transplante de coração, na África do Sul, pelo Dr. Christiaan Barnard.

– Os Beatles lançam o álbum *Sgt. Pepper's Lonely Hearts Club Band*, um dos discos mais importantes do rock em todos os tempos.

1968

CDA:

– Publica *Boitempo & A falta que ama*, pela Editora Sabiá.

– Torna-se membro correspondente da Hispanic Society of America, sediada nos Estados Unidos.

– Recebe, da Câmara Brasileira do Livro, o Prêmio Jabuti, pelo livro *Versiprosa*.

– Falece seu irmão José, no dia 1º de setembro.

– Publica artigo indignado contra a extrema tolerância do governo com os grupos de direita. Ao ser editado o AI-5, escreve em diário: "Recomeçam as prisões, a suspensão de jornais, a censura à imprensa."

Literatura brasileira:

– João Cabral de Melo Neto publica *Poesias completas* (1940-1965).
– Morre, em 13 de outubro, o poeta e amigo Manuel Bandeira.
– Décio Pignatari publica o livro de poemas *Exercício findo*.
– Adonias Filho publica a coleção de novelas *Léguas da promissão*.
– João Ubaldo Ribeiro publica o romance *Setembro não tem sentido*.
– Murilo Mendes publica o livro de poemas *A idade do serrote*.
– Carlos Heitor Cony publica o livro de contos *Sobre todas as coisas*.
– Menotti del Picchia publica o livro de poemas *O Deus sem rosto*.

Vida nacional:

– O Museu de Arte de São Paulo (MASP) ganha casa própria num belo edifício na Avenida Paulista, desenhado por Lina Bo Bardi.
– Estudantes do Rio de Janeiro e São Paulo intensificam protestos contra o governo militar.
– Polícia dissolve 30º Congresso da UNE e prende 1.240 estudantes em Ibiúna (SP).
– Lançamento da revista semanal de notícias *Veja*, pela Editora Abril, dirigida por Mino Carta.
– Realização da "Passeata dos Cem Mil", no Rio de Janeiro, reunindo intelectuais, estudantes e artistas.
– Estudantes da USP e da Universidade Mackenzie e integrantes do Comando de Caça aos Comunistas (CCC) entram em confronto na rua Maria Antônia, em São Paulo.
– Dom Hélder Câmara, arcebispo de Olinda e Recife, lança o movimento "Ação, Justiça e Paz".
– Realização do primeiro transplante de coração do Brasil, pelo dr. Euryclides Zerbini.
– O deputado federal Márcio Moreira Alves profere discurso inflamado na Câmara contra os militares, irrita o governo e é cassado.
– Governo militar decreta o AI-5 e fecha o Congresso Nacional.

Mundo:

– Martin Luther King, líder negro do movimento pelos direitos civis, é assassinado nos Estados Unidos.
– Em maio, estudantes franceses tomam as ruas de Paris sob o lema "É proibido proibir".
– O movimento político conhecido como "Primavera de Praga" leva a União Soviética a invadir a Tchecoslováquia.
– Golpe militar no Peru leva general nacionalista Velasco Alvarado ao poder.

1969

CDA:

– Deixa o *Correio da Manhã* e passa a colaborar no *Jornal do Brasil*.
– Publica *Reunião: 10 livros de poesia*, pela Editora José Olympio.
– Acolhe em seu apartamento duas sobrinhas, que vinham sendo seguidas pelos órgãos de repressão política em Belo Horizonte.
– Traduz as letras de seis canções do "álbum branco" dos Beatles, publicadas na revista *Realidade*.

Literatura brasileira:

– É publicado postumamente o livro de contos *Estas estórias*, de João Guimarães Rosa.
– Clarice Lispector publica o romance *Uma aprendizagem ou O livro dos prazeres*.
– Paulo Mendes Campos publica o livro de crônicas *O anjo bêbado*.
– Adonias Filho publica a crítica literária *O romance brasileiro de 30*.
– Osman Lins publica o ensaio *Guerra sem testemunha: o escritor, sua condição e a realidade social*.

– Antonio Callado publica o livro-reportagem *Vietnã do Norte*.
– Rubem Fonseca publica o livro de contos *Lúcia McCartney*.
– Nélida Piñon publica o romance *Fundador*.
– Hilda Hilst publica o livro de poemas *Amado Hilst*.

Vida nacional:

– Lançado o semanário *O Pasquim*, no Rio de Janeiro.
– O general Emílio Garrastazu Médici assume a presidência da República. Têm início os "anos de chumbo" da ditadura brasileira.
– Governo militar aprova nova Lei de Segurança Nacional, com pena de morte e prisão perpétua.
– Diversos intelectuais e professores são aposentados compulsoriamente e proibidos de exercer qualquer atividade profissional. Noventa e três deputados são cassados.
– Dissidências políticas formam grupos armados e iniciam a guerrilha urbana.
– O líder guerrilheiro Carlos Marighella é assassinado em São Paulo.
– O capitão Lamarca abandona o Exército, foge com um arsenal de armas e inicia a guerrilha no Vale da Ribeira, em São Paulo.
– Charles Burke Elbrick, embaixador dos Estados Unidos sequestrado pela guerrilha, é libertado em troca de quinze presos políticos.
– Criação do Centro Brasileiro de Análise e Planejamento (Cebrap), em São Paulo.
– Fundada a Empresa Brasileira de Aeronáutica (Embraer).
– Criação da Embrafilme em substituição ao Instituto Nacional do Cinema.
– Entra no ar o *Jornal Nacional*, da TV Globo.
– Diversos artistas são compelidos a exilar-se, entre eles Chico Buarque, Caetano Veloso e Gilberto Gil.
– No Maracanã, Pelé faz seu milésimo gol. Drummond escreve: "O difícil, o extraordinário, não é fazer mil gols, como Pelé. É fazer um gol como Pelé."

Mundo:

– Em 20 de julho, os astronautas americanos Neil Armstrong e Michael Collins chegam à Lua e deixam uma placa: "Foi aqui que os seres humanos do planeta Terra puseram, pela primeira vez, os pés na Lua, em 1969 d.C. Nós viemos em paz, por toda a humanidade."
– Realização do Festival de Woodstock, reunindo 500 mil jovens numa fazenda em Nova York.
– Georges Pompidou é eleito presidente da França.
– Richard Nixon assume a presidência dos Estados Unidos.

1970

CDA:

– Publica *Caminhos de João Brandão*, pela Editora José Olympio.
– Publica o conto "Meu companheiro" na *Antologia de contos brasileiros de bichos*, organizada por Hélio Pólvora e Cyro de Mattos, pela Editora Bloch.
– Publicada em Cuba a coletânea *Poemas*, com introdução, seleção e notas de Muñoz-Unsain, pela Casa de las Américas.

Literatura brasileira:

– É publicado postumamente o livro de contos *Ave, palavra*, de João Guimarães Rosa.
– Armando Freitas Filho publica o livro de poemas *Marca registrada*.
– Alfredo Bosi publica *História concisa da literatura brasileira*.
– Augusto de Campos publica o livro de poemas *Equivocábulos*.
– Lygia Fagundes Telles publica o livro de contos *Antes do baile verde*.
– Murilo Mendes publica o livro de poemas *Convergência*.

– Menotti del Picchia inicia a publicação de seu livro de memórias, *A longa viagem*, em dois volumes.
– Caio Fernando Abreu publica o romance *Limite branco* e o livro de contos *Inventário do irremediável*.

Vida nacional:

– Brasil vence a Itália e torna-se tricampeão mundial de futebol. "Que é de meu coração? Está no México, / voou certeiro, sem me consultar, / (...) / e vira coração de torcedor, / torce, retorce e se distorce todo, / grita: Brasil! com fúria e com amor" (do poema "Copa do Mundo de 70", em *Versiprosa*).
– Durante o governo do general Emílio Garrastazu Médici, o embaixador da Suíça, Giovanni Enrico Bucher, é sequestrado pela Vanguarda Popular Revolucionária (VPR), no Rio de Janeiro. Sua libertação se dá em troca do exílio, no Chile, de setenta presos políticos da ditadura militar brasileira.
– O Esquadrão da Morte é organizado clandestinamente pelas forças da repressão para eliminar adversários da ditadura.
– Criação do Movimento Brasileiro de Alfabetização (Mobral), voltado para a escolarização de adultos. Os gastos do Governo Federal com educação caem de 11,2%, em 1962, para 5,4%.
– Decretada a censura prévia a jornais, revistas, livros, músicas, filmes e peças de teatro, com o intuito de impedir a divulgação de ideias contrárias "à moral e aos bons costumes".
– A repressão política recrudesce com prisão e assassinato de líderes sindicais, dirigentes políticos, padres e estudantes.
– Criação do Instituto Nacional de Colonização e Reforma Agrária (Incra).
– Surge o "cinema marginal", uma reação contra a intolerância política e a opressão cultural.

Mundo:

– Salvador Allende é eleito presidente do Chile.

– O general Marcelo Roberto Levingston assume a presidência da República Argentina, ao derrubar o general Juan Carlos Onganía.

– É anunciada oficialmente a separação dos Beatles.

– Anwar Sadat é eleito presidente do Egito.

– O cônsul brasileiro Aloysio Dias Gomide é sequestrado em Montevidéu pelo grupo guerrilheiro Tupamaros.

– O ex-presidente da República Argentina, general Pedro Eugenio Aramburu, é sequestrado, julgado e executado pelo grupo terrorista Montoneros

1971

CDA:

– Publicação da *Seleta em prosa e verso*, com estudo e notas de Gilberto Mendonça Teles, pela Editora José Olympio.

– Participa da coletânea, lançada pela Editora Sabiá, *Elenco de cronistas modernos*, com Clarice Lispector, Fernando Sabino, Manuel Bandeira, Paulo Mendes Campos, Rachel de Queiroz e Rubem Braga.

– Participa, com o texto "Um escritor nasce e morre", do livro *An Anthology of Brazilian Prose*, lançado pela Editora Ática.

Literatura brasileira:

– Antonio Callado publica o romance *Bar Don Juan*.

– Erico Verissimo publica o romance *Incidente em Antares*.

– João Ubaldo Ribeiro publica o romance *Sargento Getúlio*.

– Adonias Filho publica o romance *Luanda Beira Bahia*.

– Ariano Suassuna publica *O Romance d'A Pedra do Reino e o Príncipe do Sangue do Vai-e-Volta*.
– Clarice Lispector publica o livro de contos *Felicidade clandestina*.
– José Cândido de Carvalho publica o livro de contos *Porque Lulu Bergantim não atravessou o Rubicon*.

Vida nacional:

– O governo do general Médici decide baixar decretos "secretos".
– Inaugurado, pela Embratel, o serviço de DDD (discagem direta a distância).
– Governo implanta nas escolas o ensino obrigatório da matéria Educação Moral e Cívica.
– O deputado Rubens Paiva é sequestrado e morto pelas forças da repressão.
– A Marinha do Brasil instala na Ilha das Flores, no Rio de Janeiro, centro de treinamento para agentes especializados em técnicas de interrogatório e de tortura de presos políticos.
– O capitão Lamarca é morto no sertão da Bahia, e sua namorada, Iara Iavelberg, em Salvador.
– Em desfile de moda no consulado do Brasil em Nova Iorque, a estilista Zuzu Angel denuncia a tortura e o assassinato de seu filho, Stuart Angel.
– Em jogo realizado no Maracanã, Pelé se despede da Seleção Brasileira.

Mundo:

– Em Washington, protesto de 500 mil pessoas contra a guerra do Vietnã.
– China ingressa na Organização das Nações Unidas (ONU).
– Governo de Salvador Allende nacionaliza as minas de cobre chilenas.

– Suíça realiza plebiscito, só de homens, garantindo o direito de voto às mulheres.

– Os setores ocidental e oriental de Berlim restabelecem a comunicação por telefone, interrompida em 1950.

– A Organização dos Países Exportadores de Petróleo (OPEP) decide fixar unilateralmente o preço do produto.

– O general Alejandro Augustín Lanusse assume a presidência da República Argentina, ao derrubar o general Roberto Marcelo Levingston.

– O poeta chileno Pablo Neruda recebe o Prêmio Nobel de Literatura.

BIBLIOGRAFIA DE
CARLOS DRUMMOND DE ANDRADE

POESIA:

Alguma poesia. Belo Horizonte: Edições Pindorama, 1930.
Brejo das almas. Belo Horizonte: Os Amigos do Livro, 1934.
Sentimento do mundo. Rio de Janeiro: Pongetti, 1940.
Poesias. Rio de Janeiro: José Olympio, 1942. [*Alguma poesia, Brejo das almas, Sentimento do mundo, José.*]*
A rosa do povo. Rio de Janeiro: José Olympio, 1945.
Poesia até agora. Rio de Janeiro: José Olympio, 1948. [*Alguma poesia, Brejo das almas, Sentimento do mundo, José, A rosa do povo, Novos poemas.*]
Claro enigma. Rio de Janeiro: José Olympio, 1951.
Viola de bolso. Rio de Janeiro: Serviço de Documentação do MEC, 1952.
Fazendeiro do ar & Poesia até agora. Rio de Janeiro: José Olympio, 1954.
Viola de bolso novamente encordoada. Rio de Janeiro: José Olympio, 1955.
50 poemas escolhidos pelo autor. Rio de Janeiro: Serviço de Documentação do MEC, 1956.

---

* A presente bibliografia de Carlos Drummond de Andrade restringe-se às primeiras edições de seus livros, excetuando obras renomeadas. Nos casos em que os livros não tiveram primeira edição independente, os respectivos títulos aparecem entre colchetes juntamente com os demais a compor a coletânea na qual vieram a público pela primeira vez. [*N. do E.*]

Poemas. Rio de Janeiro: José Olympio, 1959. [*Alguma poesia, Brejo das almas, Sentimento do mundo, José, A rosa do povo, Novos poemas, Claro enigma, Fazendeiro do ar* e *A vida passada a limpo*.]

Antologia poética. Rio de Janeiro: Editora do Autor, 1962.

Lição de coisas. Rio de Janeiro: José Olympio, 1962.

José & outros. Rio de Janeiro: José Olympio, 1967. [*José, Novos poemas, Fazendeiro do ar, A vida passada a limpo, 4 poemas, Viola de bolso II*.]

Versiprosa. Rio de Janeiro: José Olympio, 1967.

Boitempo & A falta que ama. [*(In) Memória – Boitempo I*.] Rio de Janeiro: Sabiá, 1968.

Reunião: 10 livros de poesia. Introdução de Antonio Houaiss. Rio de Janeiro: José Olympio, 1969. [*Alguma poesia, Brejo das almas, Sentimento do mundo, José, A rosa do povo, Novos poemas, Claro enigma, Fazendeiro do ar, A vida passada a limpo, Lição de coisas* e *4 poemas*.]

As impurezas do branco. Rio de Janeiro: José Olympio, 1973.

Menino antigo (Boitempo II). Rio de Janeiro: José Olympio; Brasília: Instituto Nacional do Livro, 1973.

Esquecer para lembrar (Boitempo III). Rio de Janeiro: José Olympio, 1979.

A paixão medida. Ilustrações de Emeric Marcier. Rio de Janeiro: Alumbramento, 1980.

Nova reunião: 19 livros de poesia. 2 vols. Rio de Janeiro: José Olympio; Brasília: Instituto Nacional do Livro, 1983.

O elefante. Ilustrações de Regina Vater. Rio de Janeiro: Record, 1983.

Corpo. Ilustrações de Carlos Leão. Rio de Janeiro: Record, 1984.

Amar se aprende amando. Capa de Anna Leticya. Rio de Janeiro: Record, 1985.

Boitempo I e II. Rio de Janeiro: Record, 1987.

Poesia errante: derrames líricos (e outros nem tanto, ou nada). Rio de Janeiro: Record, 1988.

O amor natural. Ilustrações de Milton Dacosta. Rio de Janeiro: Record, 1992.

Farewell. Vinhetas de Pedro Augusto Graña Drummond. Rio de Janeiro: Record, 1996.

Poesia completa: volume único. Fixação de texto e notas de Gilberto Mendonça Teles. Introdução de Silviano Santiago. Rio de Janeiro: Nova Aguilar, 2002.

Declaração de amor, canção de namorados. Organização de Pedro Augusto Graña Drummond e Luis Mauricio Graña Drummond. Rio de Janeiro: Record, 2005.

Versos de circunstância. Organização de Eucanaã Ferraz. São Paulo: Instituto Moreira Salles, 2011.

Nova reunião: 23 livros de poesia. 3 vols. Rio de Janeiro: BestBolso, 2013.

CONTO:

O gerente. Rio de Janeiro: Horizonte, 1945.
Contos de aprendiz. Rio de Janeiro: José Olympio, 1951.
70 historinhas. Rio de Janeiro: José Olympio, 1978.
Contos plausíveis. Ilustrações de Irene Peixoto e Márcia Cabral. Rio de Janeiro: José Olympio; Editora JB, 1981.
Histórias para o rei. Rio de Janeiro: Record, 1997.

CRÔNICA:

Fala, amendoeira. Rio de Janeiro: José Olympio, 1957.
A bolsa & a vida. Rio de Janeiro: Editora do Autor, 1962.
Para gostar de ler. Com Fernando Sabino, Paulo Mendes Campos e Rubem Braga. Rio de Janeiro: Editora do Autor, 1962.
Quadrante. Com Cecília Meireles, Dinah Silveira de Queiroz, Fernando Sabino, Manuel Bandeira, Paulo Mendes Campos e Rubem Braga. Rio de Janeiro: Editora do Autor, 1962.
Quadrante II. Com Cecília Meireles, Dinah Silveira de Queiroz, Fernando Sabino, Manuel Bandeira, Paulo Mendes Campos e Rubem Braga. Rio de Janeiro: Editora do Autor, 1962.

Cadeira de balanço. Rio de Janeiro: José Olympio, 1966.
Caminhos de João Brandão. Rio de Janeiro: José Olympio, 1970.
O poder ultrajovem. Rio de Janeiro: José Olympio, 1972.
De notícias & não notícias faz-se a crônica: histórias, diálogos, divagações. Rio de Janeiro: José Olympio, 1974.
Os dias lindos. Rio de Janeiro: José Olympio, 1977.
Crônica das favelas cariocas. Rio de Janeiro: [edição particular], 1981.
Boca de luar. Rio de Janeiro: Record, 1984.
Crônicas 1930-1934. Crônicas de Drummond assinadas com os pseudônimos Antônio Crispim e Barba Azul. *Revista do Arquivo Público Mineiro*, Belo Horizonte, ano XXXV, 1984.
Moça deitada na grama. Rio de Janeiro: Record, 1987.
Autorretrato e outras crônicas. Seleção de Fernando Py. Rio de Janeiro: Record, 1989.
Quando é dia de futebol. Organização de Pedro Augusto Graña Drummond e Luis Mauricio Graña Drummond. Rio de Janeiro: Record, 2002.
Receita de Ano Novo. Organização de Pedro Augusto Graña Drummond e Luis Mauricio Graña Drummond. Ilustrações de Mariana Massarani. Rio de Janeiro: Record, 2008.

OBRA REUNIDA:

Obra completa. Estudo crítico de Emanuel de Moraes, fortuna crítica, cronologia e bibliografia. Rio de Janeiro: Nova Aguilar, 1964.
Poesia completa e prosa. Estudo crítico de Emanuel de Moraes, fortuna crítica, cronologia e bibliografia. Rio de Janeiro: Nova Aguilar, 1973.
Poesia e prosa. Estudo crítico de Emanuel de Moraes, fortuna crítica, cronologia e bibliografia. Rio de Janeiro: Nova Aguilar, 1979.

ENSAIO E CRÍTICA:

Confissões de Minas. Rio de Janeiro: Americ-Edit, 1944.

García Lorca e a cultura espanhola. Rio de Janeiro: Ateneu Garcia Lorca, 1946.

Passeios na ilha: divagações sobre a vida literária e outras matérias. Rio de Janeiro: Simões, 1952.

O observador no escritório. Rio de Janeiro: Record, 1985.

O avesso das coisas: aforismos. Ilustrações de Jimmy Scott. Rio de Janeiro: Record, 1987.

Conversa de livraria 1941 e 1948. Reunião de textos assinados sob os pseudônimos de O Observador Literário e Policarpo Quaresma, Neto. Porto Alegre: AGE; São Paulo: Giordano, 2000.

Amor nenhum dispensa uma gota de ácido: escritos de Carlos Drummond de Andrade sobre Machado de Assis. Organização de Hélio de Seixas Guimarães. São Paulo: Três Estrelas, 2019.

INFANTIL:

O pipoqueiro da esquina. Ilustrações de Ziraldo. Rio de Janeiro: Codecri, 1981.

História de dois amores. Ilustrações de Ziraldo. Rio de Janeiro: Record, 1985.

O sorvete e outras histórias. São Paulo: Ática, 1993.

A cor de cada um. Rio de Janeiro: Record, 1996.

A senha do mundo. Rio de Janeiro: Record, 1996.

Criança dagora é fogo. Rio de Janeiro: Record, 1996.

Vó caiu na piscina. Rio de Janeiro: Record, 1996.

Rick e a girafa. Ilustrações de Maria Eugênia. São Paulo: Ática, 2001.

Menino Drummond. Ilustrações de Angela Lago. São Paulo: Companhia das Letrinhas, 2021.

BIBLIOGRAFIA SOBRE CARLOS DRUMMOND DE ANDRADE (SELETA)

ACHCAR, Francisco. *A rosa do povo & Claro enigma*: roteiro de leitura. São Paulo: Ática, 1993.

AGUILERA, Maria Veronica Silva Vilariño. *Carlos Drummond de Andrade*: a poética do cotidiano. Rio de Janeiro: Expressão e Cultura, 2002.

AMZALAK, José Luiz. *De Minas ao mundo vasto mundo*: do provinciano ao universal na poética de Carlos Drummond de Andrade. São Paulo: Navegar, 2003.

ANDRADE, Carlos Drummond; SARAIVA, Arnaldo (orgs.). *Uma pedra no meio do caminho*: biografia de um poema. Apresentação de Arnaldo Saraiva. Rio de Janeiro: Editora do Autor, 1967.

ARQUIVO-MUSEU DE LITERATURA BRASILEIRA. *Inventário do Arquivo Carlos Drummond de Andrade*. Apresentação de Eliane Vasconcelos. Rio de Janeiro: Fundação Casa de Rui Barbosa, 1998.

ARRIGUCCI JR., Davi. *Coração partido*: uma análise da poesia reflexiva de Drummond. São Paulo: Cosac Naify, 2002.

BARBOSA, Rita de Cássia. *Poemas eróticos de Carlos Drummond de Andrade*. São Paulo: Ática, 1987.

BISCHOF, Betina. *Razão da recusa*: um estudo da poesia de Carlos Drummond de Andrade. São Paulo: Nankin, 2005.

BOSI, Alfredo. *Três leituras*: Machado, Drummond, Carpeaux. São Paulo: 34, 2017.

BRASIL, Assis. *Carlos Drummond de Andrade*: ensaio. Rio de Janeiro: Livros do Mundo Inteiro, 1971.

BRAYNER, Sônia (org.). *Carlos Drummond de Andrade*. Coleção Fortuna Crítica 1. Rio de Janeiro: Civilização Brasileira, 1977.

CAMILO, Vagner. *Drummond*: da rosa do povo à rosa das trevas. São Paulo: Ateliê, 2001.

CAMINHA, Edmílson (org.). *Drummond*: a lição do poeta. Teresina: Corisco, 2002.

_____. *O poeta Carlos & outros Drummonds*. Brasília: Thesaurus, 2017.

CAMPOS, Haroldo de. *A máquina do mundo repensada*. São Paulo: Ateliê, 2000.

CAMPOS, Maria José. *Drummond e a memória do mundo*. Belo Horizonte: Anome Livros, 2010.

CANÇADO, José Maria. *Os sapatos de Orfeu*: biografia de Carlos Drummond de Andrade. São Paulo: Scritta, 1993.

CARVALHO, Leda Maria Lage. *O afeto em Drummond*: da família à humanidade. Itabira: Dom Bosco, 2007.

CHAVES, Rita. *Carlos Drummond de Andrade*. São Paulo: Scipione, 1993.

COÊLHO, Joaquim-Francisco. *Terra e família na poesia de Carlos Drummond de Andrade*. Belém: Universidade Federal do Pará, 1973.

CORREIA, Marlene de Castro. *Drummond*: a magia lúcida. Rio de Janeiro: Jorge Zahar, 2002.

COSTA, Francisca Alves Teles. *O constante diálogo na poesia de Carlos Drummond de Andrade*. Fortaleza: Secretaria de Cultura e Desporto, 1987.

COUTO, Ozório. *A mesa de Carlos Drummond de Andrade*. Ilustrações de Yara Tupynambá. Belo Horizonte: ADI Edições, 2011.

CRUZ, Domingos Gonzalez. *No meio do caminho tinha Itabira*: a presença de Itabira na obra de Carlos Drummond de Andrade. Rio de Janeiro: Achiamé; Calunga, 1980.

CUNHA, Maria Antonieta Antunes. *O discurso indireto livre em Carlos Drummond de Andrade*. Belo Horizonte: Imprensa Oficial, 1971.

_____. *Carlos Drummond de Andrade*. São Paulo: Moderna, 2006.

CURY, Maria Zilda Ferreira. *Horizontes modernistas*: o jovem Drummond e seu grupo em papel jornal. Belo Horizonte: Autêntica, 1998.

DALL'ALBA, Eduardo. *Drummond*: a construção do enigma. Caxias do Sul: EDUCS, 1998.

_____. *Noite e música na poesia de Carlos Drummond de Andrade*. Porto Alegre: AGE, 2003.

DIAS, Márcio Roberto Soares. *Da cidade ao mundo*: notas sobre o lirismo urbano de Carlos Drummond de Andrade. Vitória da Conquista: Edições UESB, 2006.

FERREIRA, Diva. *De Itabira... um poeta*. Itabira: Saitec Editoração, 2004.

GALDINO, Márcio da Rocha. *O cinéfilo anarquista*: Carlos Drummond de Andrade e o cinema. Belo Horizonte: BDMG, 1991.

GARCIA, Nice Seródio. *A criação lexical em Carlos Drummond de Andrade*. Rio de Janeiro: Rio, 1977.

GARCIA, Othon Moacyr. *Esfinge clara*: palavra-puxa-palavra em Carlos Drummond de Andrade. Rio de Janeiro: São José, 1955.

GLEDSON, John. *Poesia e poética de Carlos Drummond de Andrade*. Tradução do autor. São Paulo: Duas Cidades, 1982.

_____. *Influências e impasses: Drummond e alguns contemporâneos*. São Paulo: Companhia das Letras, 2003.

GUIMARÃES, Júlio Castañon. *Distribuição de papéis*: Murilo Mendes escreve a Carlos Drummond de Andrade e a Lúcio Cardoso. Rio de Janeiro: Fundação Casa de Rui Barbosa, 1996.

GUIMARÃES, Raquel Beatriz Junqueira. *Pedro Nava, leitor de Drummond*. Campinas: Pontes, 2002.

HOUAISS, Antonio. *Drummond mais seis poetas e um problema*. Rio de Janeiro: Imago, 1976.

INOJOSA, Joaquim. *Os Andrades e outros aspectos do Modernismo*. Rio de Janeiro: Civilização Brasileira, 1975.

KINSELLA, John. *Diálogo de conflito*: a poesia de Carlos Drummond de Andrade. Natal: Editora da UFRN, 1995.

LAUS, Lausimar. *O mistério do homem na obra de Drummond*. Rio de Janeiro: Tempo Brasileiro; Brasília: Instituto Nacional do Livro, 1978.

LIMA, Mirella Vieira. *Confidência mineira*: o amor na poesia de Carlos Drummond de Andrade. Campinas: Pontes; São Paulo: EDUSP, 1995.

LINHARES FILHO. *O amor e outros aspectos em Drummond*. Fortaleza: Editora UFC, 2002.

LOPES, Carlos Herculano. *O vestido*. São Paulo: Geração Editorial, 2004.

LUCAS, Fábio. *O poeta e a mídia*: Carlos Drummond de Andrade e João Cabral de Melo Neto. São Paulo: Senac, 2003.

MAIA, Maria Auxiliadora. *Viagem ao mundo* gauche *de Drummond*. Salvador: Edição da autora, 1984.

MALARD, Letícia. *No vasto mundo de Drummond*. Belo Horizonte: Editora UFMG, 2005.

MARIA, Luzia de. *Drummond*: um olhar amoroso. Rio de Janeiro: Léo Christiano Editorial, 1998.

MARQUES, Ivan. *Cenas de um modernismo de província*: Drummond e outros rapazes de Belo Horizonte. São Paulo: 34, 2011.

MARTINS, Hélcio. *A rima na poesia de Carlos Drummond de Andrade*. Introdução de Antonio Houaiss. Rio de Janeiro: José Olympio, 1968.

MARTINS, Maria Lúcia Milléo. *Duas artes*: Carlos Drummond de Andrade e Elizabeth Bishop. Belo Horizonte: Editora UFMG, 2006.

MELO, Tarso de; STERZI, Eduardo. *7 X 2 (Drummond em retrato)*. Santo André: Alpharrabio, 2002.

MERQUIOR, José Guilherme. *Verso universo em Drummond*. Tradução de Marly de Oliveira. Rio de Janeiro: José Olympio, 1975.

MICELI, Sergio. Lira mensageira: Drummond e o grupo modernista mineiro. São Paulo: Todavia, 2022.

MONTEIRO, Salvador; KAZ, Leonel (orgs.). *Drummond frente e verso*: fotobiografia de Carlos Drummond de Andrade. Rio de Janeiro: Alumbramento; Livroarte, 1989.

MORAES, Emanuel de. *Drummond rima Itabira mundo*. Rio de Janeiro: José Olympio, 1972.

MORAES, Lygia Marina. *Conheça o escritor brasileiro Carlos Drummond de Andrade*. Rio de Janeiro: Record, 1977.

MORAES NETO, Geneton. *O dossiê Drummond*. São Paulo: Globo, 1994.

MOTTA, Dilman Augusto. *A metalinguagem na poesia de Carlos Drummond de Andrade*. Rio de Janeiro: Presença, 1976.

NOGUEIRA, Lucila. *Ideologia e forma literária em Carlos Drummond de Andrade*. Recife: Fundarpe, 1990.

PY, Fernando. *Bibliografia comentada de Carlos Drummond de Andrade (1918-1930)*. Rio de Janeiro: José Olympio; Brasília: Instituto Nacional do Livro, 1980.

ROSA, Sérgio Ribeiro. *Pedra engastada no tempo*: ao cinquentenário do poema de Carlos Drummond de Andrade. Porto Alegre: Cultura Contemporânea, 1978.

SAID, Roberto. *A angústia da ação*: poesia e política em Drummond. Curitiba: Editora UFPR; Belo Horizonte: Editora UFMG, 2005.

SANT'ANNA, Affonso Romano de. *Drummond, o gauche no tempo*. Rio de Janeiro: Lia Editor; Instituto Nacional do Livro, 1972.

SANTIAGO, Silviano. *Carlos Drummond de Andrade*. Petrópolis: Vozes, 1976.

SANTOS, Vivaldo Andrade dos. *O trem do corpo*: estudo da poesia de Carlos Drummond de Andrade. São Paulo: Nankin, 2006.

SCHÜLER, Donaldo. *A dramaticidade na poesia de Drummond*. Porto Alegre: URGS, 1979.

SILVA, Sidimar. *A poeticidade na crônica de Drummond*. Goiânia: Kelps, 2007.

SIMON, Iumna Maria. *Drummond*: uma poética do risco. São Paulo: Ática, 1978.

SÜSSEKIND, Flora. *Cabral – Bandeira – Drummond*: alguma correspondência. Rio de Janeiro: Fundação Casa de Rui Barbosa, 1996.

SZKLO, Gilda Salem. *As flores do mal nos jardins de Itabira*: Baudelaire e Drummond. Rio de Janeiro: Agir, 1995.

TALARICO, Fernando Braga Franco. *História e poesia em Drummond*: A rosa do povo. Bauru: EDUSC, 2011.

TEIXEIRA, Jerônimo. *Drummond*. São Paulo: Abril, 2003.

_____. *Drummond cordial*. São Paulo: Nankin, 2005.

TELES, Gilberto Mendonça. *Drummond*: a estilística da repetição. Prefácio de Othon Moacyr Garcia. Rio de Janeiro: José Olympio, 1970.

VASCONCELLOS, Eliane. *O Arquivo-Museu de Literatura Brasileira*: um sonho drummondiano. Rio de Janeiro: Fundação Casa de Rui Barbosa, 2002.

VIANA, Carlos Augusto. *Drummond*: a insone arquitetura. Fortaleza: Editora UFC, 2003.

VIEIRA, Regina Souza. *Boitempo*: autobiografia e memória em Carlos Drummond de Andrade. Rio de Janeiro: Presença, 1992.

VILLAÇA, Alcides. *Passos de Drummond*. São Paulo: Cosac Naify, 2006.

WALTY, Ivete Lara Camargos; CURY, Maria Zilda Ferreira (orgs.). *Drummond*: poesia e experiência. Belo Horizonte: Autêntica, 2002.

WISNIK, José Miguel. *Maquinação do mundo*: Drummond e a mineração. São Paulo: Companhia das Letras, 2018.

YUNES, Eliana; BINGEMER, Maria Clara L. (orgs.). *Murilo, Cecília e Drummond*: 100 anos com Deus na poesia brasileira. São Paulo: Loyola, 2004.

ÍNDICE DE PRIMEIROS VERSOS

1º juiz de paz, 38
A alma dos pobres se vai sem música, 51
A bota enorme, 68
A calcinha (que é calça) de morim-cambraia, 304
A casa foi vendida com todas as lembranças, 145
A fazenda fica perto da cidade, 61
A folha de malva no livro de reza, 261
A laranja, prazer dourado, 110
A madeira da cadeira, 114
A mão de meu irmão desenha um jardim, 125
À meia-noite, como de costume, 233
À minha frente, 289
A mulinha carregada de latões, 75
A negra para tudo, 29
A porta cerrada, 31
A prima nasce para o primo, 197
A primeira namorada, tão alta, 300
A proclamação da República chegou às 10 horas da noite, 48
A roupa de marinheiro, 271
Abença papai, abença mamãe, 281
Afinal, 149
Agora em junho a gente não se enxerga, 279

Ai coxas, ai miragem, 305
Amanhã serão graças, 28
Amarílio redige e ilustra com capricho, 239
Ambrósio Lopes, que fez Ambrósio Lopes?, 187
Amo demais, sem saber que estou amando, 302
Ana Esméria, 43
Anabela Drummond foi rainha de Escócia, 211
Ao quarto de roupa suja, 120
Aprendo muito cedo, 277
Aquele doce que ela faz, 165
Aquele raio, 216
Aqui, talvez, o tesouro enterrado, 131
Areia, 101
As bestas chamam-se Andorinha, Neblina, 74
As estórias que ele conta aos filhos, 158
As partes claras, 122
As terras foram vendidas, 295
As tias viúvas vestem pesadas armaduras, 215
Atanásio nasceu com seis dedos em cada mão, 30
Atrás do grupo escolar ficam as jabuticabeiras, 231
Avista-se na curva da estrada, 63
Baraúna, 151
Bate na vaca, bate, 78
Bato palmas. Na esperança, 252
Beijo a mão do padre, 263
Brigar é simples:, 264
Caçamba, 69
Cada filho e sua conta, 159
Cada irmão é diferente, 166
Cadete grava para a Casa Édison, Rio de Janeiro, 237

Cafas-leão é terrível. Come um boi, 223
Café em grão enche a sala de visitas, 66
Cair de cavalo manso:, 227
Carlos   Correia, 219
Carnaval da gente é o bando, 294
Carretel não entra, 225
Cavalo ruano corre todo o ano, 72
Certas palavras não podem ser ditas, 250
Chega a uma fazenda, apeia do cavalinho, ô de casa! pede que lhe sirvam leitão assado, e retira-se, qualquer que seja a resposta, 35
Chega o muladeiro, montado, 55
Chego tarde, o lampião de querosene está de pavio apagado, 232
Chicote, 70
Colecione selos e viaje neles, 246
Com tinta de fantasma escreve-se Drummond, 150
Começar pelo canudo, 111
Como é o corpo?, 251
De cacos, de buracos, 17
De chifres de veado é feita esta balança, 27
De mil datas minerais, 152
De quem, de quem o filho, 213
De repente você resolve: fugir, 283
Desta guerra mundial, 272
Dizem que à noite Márgara passeia, 189
Dodona, 191
Dom Viçoso é o santo da família, 194
Domingo. Tarde. Consistório da Matriz, 290
Dr. Pedro Luís Napoleão Chernoviz, 41
Duas serpentes enlaçadas, 221

E falam de negócio, 181
É ferriouro: jacutinga, 25
É teatral a escada de dois lances, 95
Ele vê, ela cala, 311
Elias vive 8 dias, 167
Em casa, na cidade, 297
Emílio Rouède, esse francês errante, 49
Entardece na roça, 65
Era um brinquedo maria, 174
Era um escravo fugido, 44
Esta família são dois jovens, 155
Este é o Sobrado, 184
Este pé de café, um só, na tarde fina, 133
Estes cavalos fazem parte da família, 73
Eu não sei o que diga, 205
Fugias do escorpião, 222
Gente grande não sai à rua, 195
Guardo na boca os sabores, 81
Há de dar para a Câmara, 91
Há sempre uma fazenda na conversa, 179
Há um momento em que viro anjo, 262
Há uma loja no sobrado, 94
Hora de abrir a sessão da Câmara, 37
Horta dos repolhos, horta do jiló, 130
Hóstia na boca, 259
Humilhação destas lombrigas, 287
Já não coleciono selos. O mundo me inquizila, 207
Jamais ficou comprovado, 143
José entra resmungando no Paraíso, 172
Junto à latrina, o caixote, 121

Leituras! Leituras!, 240
Mandamento: beijar a mão do Pai, 160
"Meninas, meninas, 301
Mentir, eis o problema:, 209
Minha mãe que é tão fraca, ela sabe porém, 196
Minha terra tem palmeiras?, 26
Na Barra do Cacunda, 32
Na escada a mancha vermelha, 67
Na pequena cidade, 258
Na rua do Matadouro, 229
Na sombra da copa, as garrafas, 104
Não durmo sem pensar no Judeu Errante, 140
Não é fácil nascer novo, 21
Não na loja das Flores, de João Rosa:, 127
Não quero este pão – Quinquim atira, 171
Não se enterram a céu aberto, 212
Não sei o que tem meu primo, 192
Nesta comarca do Piracicaba, 57
No escritório do Velho, 96
No Hotel dos Viajantes se hospeda, 15
No império fomos liberais, 153
No mais seco terreno, o capim-gordura, 82
No meio do quarto a piscina móvel, 134
No pasto mal batido, 77
No úmido porão, terra batida, 254
Nunca ouvi o assobio do tapir, 102
O Banco Mercantil, 162
O beijo é flor, 128
O burro e o lenheiro, 124
O cachorro em convulsões rola escada abaixo, 183

361

O canto de sombra e umidade no quintal, 132
O capim-jaraguá, o capim-gordura, 71
O cavalo sabe todos os caminhos, 80
O copo no peitoril, 118
O cravo, a cravina, a violeta eram instrumentos de música, 126
O fazendeiro está cansado, 200
O gosto do licor começa na ideia, 107
O gramofone Biju, com 10 discos artísticos, 236
Ó João Jiló, fiscal da Câmara, 177
O melhor na caixa de vinho, 298
O menino ambicioso, 238
O menino pensativo, 280
O monumento negro do piano, 98
O noivo desmanchou o casamento, 168
O Pai se escreve sempre com P grande, 164
O povo agitado das galinhas, 129
O que a gente procura muito e sempre não é isto nem aquilo. É outra coisa, 204
O que há de mais moderno? Porta-cartões, 99
O raio, 139
O rumor vem de longe. Vem da Rua de Baixo, 292
O vinho à mesa, liturgia, 108
Olho o cometa, 235
Onças, veados, capivaras, pacas, tamanduás, da corografia do Padre Ângelo de 1881, 22
Os desenhos da Lapa, tão antigos, 87
Os pais primos-irmãos, 154
Papai, me compra a Biblioteca Internacional de Obras Célebres, 244
Passa o tabuleiro de quitanda:, 224
Passeiam as belas, à tarde, na Avenida, 249

Pavores, 141
Pecar, eu peco todo santo dia, 309
Pede-se esmola por amor de Deus, 288
Pés contentes na manhã de março, 64
Pintura... Que sentido, 103
Por que dar fim a histórias?, 241
Por que este nome, ao sol? Tudo escurece, 119
Por que morreu aquele irmão, 176
Por que nos despejam, 136
Por trás da bossa do cupim, 76
Por trás da porta hermética, 97
Primo Zeantônio chefe político liberal, 47
Procuro a cor nos mínimos objetos, 113
Que é que vou dizer a você?, 303
Que há no Andrade, 157
Que lugar diferente dos lugares, 286
Que vai ser quando crescer?, 285
Quero conhecer a puta, 256
Quero três compoteiras, 105
Quinta-feira é dia, 265
Regressa da Europa Doutor Oliveira, 39
Rosa, 170
Rosa trouxe costumes elegantes, 112
Rua de Santana, 53
Sábado é dia de conciliação, 267
Silêncio. Morreu o Comendador, 42
Sobre o escaparate, 117
Somos os leitores do *Tico-Tico*, 242
Sopra do Cutucum, 86
Subir ao Pico do Amor, 248

Tão alegre este riacho, 84
Tarde?, 138
Tesouro da vista, 116
Tios chegam de Joanésia, 185
Tomar banho, pentear-se, 269
Trágica menina, 175
Tristes aniversários. O presente, 182
Uma negrinha não apetecível, 257
Vive aberta a porta da casa, 93
— Você deve calar urgentemente, 18
Volto a subir a Rua de Santana, 243
Vou brigar contigo, 226
Vou te contar uma anta, meu irmão, 23
Xô xô mosquitinho, 307

Este livro foi composto na tipografia
Arno Pro, em corpo 11/14, e impresso em
papel off-white no Sistema Digital Instant Duplex
da Divisão Gráfica da Distribuidora Record.